# Quello che non so di me

4

Anna Genni Miliotti

# Quello che non so di me

Storia di Dasha, adottata in Italia,
alla ricerca delle sue radici

FABBRI
EDITORI

Grazie ai molti amici, al di qua e al di là dell'Oceano:
a Lynn Franklin che ha il dono
di mettere insieme le persone e far accadere le cose,
a Jane Brown per i preziosi consigli,
a "zia" Paola Gori per le ansie condivise,
a Masal Pas Bagdadi per la sua forza,
a Penny Callan Partridge per le sue poesie
e le emozioni regalate,
a Jeanne Beckner e Helena Scherbakova
per il loro aiuto in una terra
che sembrava così difficile e lontana,
a mia figlia Dasha per tutto quello
che mi ha insegnato durante il viaggio.


II edizione Narrativa Fabbri Editori aprile 2006

ISBN 88-451-1653-0

*spesso le nostre storie si intrecciano,*
*e accorgersene sembra un miracolo*

*la verità è che stiamo tutti dentro un cerchio*

# UNA FIABA

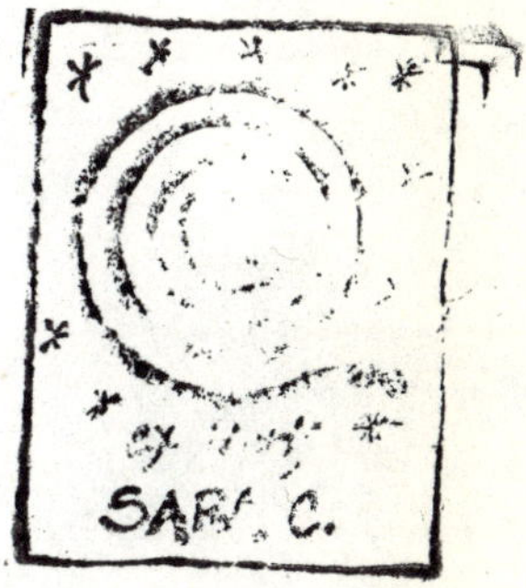

*Ci sono fiabe più vere della verità,*
*e molto più sagge degli uomini che le raccontano.*

C'erano una volta, nella vecchia Russia, un piccolo vecchio uomo e una piccola vecchia donna che vivevano in un'isba vicino a un piccolo villaggio. C'erano solo una trentina di isbe in quel villaggio, e la vita trascorreva felice. La terra dava i suoi frutti e il cibo non mancava. C'era abbondanza di legna per tutti, per riscaldarsi nei lunghi inverni al caldo delle grandi stufe, e le strade erano sempre piene delle risa e delle grida dei bambini che correvano e giocavano felici.

Ivan e Alya, così si chiamavano i due vecchietti, vivevano di quel poco che coltivavano, e avevano cani e gatti, oche e tacchini, galline per le uova, e anche un bel maiale. C'era sempre tanto da fare, in casa e nei campi, e le giornate passavano veloci.

Ma nonostante tutte le benedizioni, vivere in quel piccolo villaggio pieno di tanti bambini felici era molto doloroso per i due vecchi. Erano tristi perché non potevano avere figli.

Così il piccolo uomo e la piccola donna vivevano nella loro isba da soli, e si divertivano ad andare alla finestra a guardare i ragazzi del villaggio che giocavano nei campi, tra cani e gatti. Ogni giorno guardavano attraverso quei vetri, e i loro cuori erano spezzati dal dolore. Desideravano tanto avere un figlio tutto per loro e ascoltavano le altre madri gridare ai loro ragazzi quando arrivava una slitta sulla strada:

«Stai attento, arriva la slitta! Attento ai cavalli!»

E il vecchio uomo e la vecchia donna dicevano:

«Oh, se solo avessimo una bambina nostra da poter chiamare come fanno loro!»

Venne l'inverno e nel villaggio come ogni anno cadde tanta neve, e venne il tempo di Baba Yaga, la strega. Secondo la tradizione di quel tempo, i bambini si divertivano a fare pupazzi di neve con le sembianze della strega.

Così facevano i bambini del villaggio: uscivano a giocare tutto il giorno nella neve e correvano solo per un attimo dentro casa, giusto per prendere un po' di zuppa e di cibo, e poi di nuovo fuori a giocare.

E un giorno che i bambini più piccoli stavano facendo una Baba Yaga di neve, il vecchio Ivan si rivolse a sua moglie e disse:

«Moglie, perché non andiamo in cortile a fare un

piccolo pupazzo di neve anche noi? Una bambina di neve? Forse può prendere vita. Forse il Signore ci benedirà e così anche noi avremo una figlia che giocherà fuori insieme agli altri.»

Così quel mattino, quando i ragazzi del villaggio erano fuori a fare le loro Baba Yaga di neve, il vecchio uomo e la vecchia donna uscirono nel cortile e lavorarono tutto il giorno per fare la loro bambina di neve. Non si fermarono mai, nemmeno per mangiare.

Alla fine del giorno, quando il sole tramontò e venne la luna piena, i due avevano finito. Avevano fatto la più bella bambina di neve che si fosse mai vista. Era perfetta in ogni particolare. Era bella come un albero fiorito in primavera, e i due vecchi rimasero lì in piedi ad ammirare la loro piccola di neve, con i cuori colmi di desiderio.

«Oh, se solo avessimo una bella bambina come questa, tutta per noi!» disse la vecchia.

E il vecchietto disse:

«Oh, piccolo pupazzo di neve, per favore diventa vivo, e ridi e parla con noi!»

E il buon Dio benedì Ivan e Alya ed esaudì il loro desiderio: la bambina di neve prese vita e iniziò a danzare e a cantare.

Era proprio come avevano sognato, una bambina bianca come la neve, con gli occhi chiari come l'acqua, che rideva e cantava e correva nelle loro braccia. Un miracolo, il cielo aveva esaudito le loro preghiere. Anche loro avevano una figlia. La chiamarono Dasha, il nome che avevano sempre pensato per una figlia.

Ed erano ancora lì fuori in piedi, stupiti, quando il vecchio disse:

«Moglie mia, presto, corri in casa a prendere una coperta per la nostra nuova figlia, e coprila. E presto, preparale dei vestiti, per ripararla dal freddo!»

Poi prese un po' di denaro, corse al villaggio e bussò dal ciabattino, perché la bambina aveva bisogno di stivaletti da neve. Andò anche all'emporio e comprò un caldo berretto e tante altre cose di cui ha bisogno una bambina.

I due negozianti pensarono che i vecchi dell'isba fossero diventati matti: tutti sapevano che non avevano figli.

Ivan tornò a casa. La bambina di neve era ancora là, e i suoi genitori la portarono in casa e la vestirono in fretta, ma dopo un attimo la bambina era di nuovo fuori, nel buio e nella neve.

I vecchi le dissero:

«Torna qui, bambina di neve! Entra! Non vuoi? Non sei stanca, non vuoi dormire?»

«No, no!» rispose la bambina ridendo. «Dentro fa troppo caldo! Troppo caldo! Io devo stare fuori!»

Così non riuscirono a farla entrare in casa, e per tutta la notte Dasha giocò fuori, nella neve. Ma i due vecchietti erano tanto stanchi dopo tutto quel lavoro e quelle emozioni, e così andarono a letto.

Al mattino, appena sveglio, il vecchio si alzò per vedere se il miracolo era successo davvero, o se si era trattato solo di un sogno. Si vestì in fretta e chiamò la moglie.

No: guardarono fuori dalla finestra e videro la loro Dasha che danzava e giocava nella neve.

Così iniziarono i giorni felici. La bambina era bella e gentile, ed era piena di affetto verso i suoi genitori. Giocava volentieri con i figli dei vicini in cortile, a rincorrere le galline, o andava nel bosco con loro a raccogliere la legna. Era ubbidiente, e stava vicina ai suoi genitori per tutto il tempo che durava il giorno. Ma la notte no. La notte in casa non entrava mai.

Quando tornava il giorno però la bambina era affamata; allora entrava nell'isba, e la mamma preparava del cibo speciale per la sua piccola dagli occhi di cristallo, che tornava subito a giocare con le altre bambine. E la coppia aveva il cuore pieno di gioia.

Dal vetro della loro finestra Ivan e Alya guardavano arrivare le slitte, e allora chiamavano la loro figlia e le dicevano: «Stai attenta! Stai attenta, sta arrivando una slitta!» come facevano tutti gli altri genitori.

Cominciarono a sentirsi proprio così: come tutti gli altri genitori. Si dicevano che finalmente era vero, erano genitori. E la loro bambina era così bella e affascinante, come un albero fiorito in primavera, che i ragazzi del villaggio dicevano:

«Non possiamo immaginare di non aver mai giocato prima senza di lei!»

Di giorno la ragazza entrava in casa, mangiava, e poi usciva a giocare. E quando scendeva la sera, la madre le diceva:

«Bambina di neve, entra! Ti prego, entra, e dormi con noi. Dormi con noi nel letto come fanno gli altri bambini. Entra, qui dentro fa più caldo. Vieni a dormire con noi vicino alla stufa accesa. Entra e sii come gli altri bambini.»

E la bambina di neve diceva:

«No, no, dentro fa troppo caldo, troppo caldo per me! Io devo andare fuori.»

E restava fuori a giocare tutta la notte, e il mattino dopo entrava solo per fare colazione.

Passò il tempo, e venne la primavera. Gli alberi

cominciarono a fiorire a poco a poco, e i bambini presero ad avventurarsi fino ai margini della foresta. E cominciarono a giocare nella foresta tra gli alberi, allegri come tanti fringuelli.

Un giorno i bambini andarono a giocare nella foresta con la bambina di neve. Lei aveva un po' fame. Allora le dissero:

«Va', torna a casa a mangiare dai tuoi genitori.»

Ma lei invece si addentrò ancora di più nella foresta, come nessuno di loro aveva mai osato fare. E allora le dissero:

«Torna indietro, torna indietro, rischi di perderti!»

Ma lei non diede retta a loro. Così finì che gli altri bambini la persero di vista, e lei rimase nella foresta, da sola. I bambini la aspettarono sul limitare più a lungo che poterono, ma dovevano tornare a casa, dai loro genitori, poiché ormai si era fatto troppo tardi.

Così scese la notte, e di nuovo la luna piena venne a illuminare il cielo.

La bambina di neve, sola nel bosco, capì che si era persa. Allora si arrampicò su un grande albero e iniziò a gridare:

«Aiuto, aiuto! Mi sono persa! C'è nessuno che abbia compassione di una povera bambina, figlia della neve, che si è persa?»

Poco dopo arrivò una faina. Aveva sentito piangere la bambina e le chiese:

«Posso aiutarti io, se vuoi. Di che cosa hai bisogno?»

«Mi sono persa, ho bisogno di tornare a casa, alla mia isba nel villaggio.»

«Molto bene, posso portarti io.»

E la bambina disse:

«No, no, penso proprio di no, io sono molto grande e tu troppo piccola, e ho paura che tu mi possa far cadere. No, grazie tante lo stesso.»

E riprese a gridare. Arrivò un vecchio lupo grigio, che le disse:

«Cosa posso fare per te? Ti ho sentito chiamare.»

E la bambina gli disse:

«Mi sono persa. Devo tornare alla mia casa, nel villaggio.»

E il lupo le disse:

«Posso portarti io.»

E lei:

«No, credo che i tuoi denti siano troppo lunghi, e mi fai troppa paura. Meglio di no. Penso che aspetterò.»

Terza arrivò una vecchia volpe, che disse:

«Cosa posso fare per te? Ti ho udita gridare.»

E lei:

«Mi sono persa, e ho bisogno di tornare al villaggio, alla mia capanna.»

E la volpe le disse:

«Bene, io posso portarti! Vedi» e si alzò sulle zampe, «io sono della taglia giusta. Le volpi sono molto grandi.»

Infatti la volpe era più alta della bambina, che disse:

«Va bene, hai ragione. Verrò con te.»

E salì sul dorso della volpe per tornare finalmente a casa.

Quando giunsero a casa era notte fonda. Nel buio la bambina sentì le voci dei suoi genitori adottivi che piangevano e si disperavano:

«Dov'è la nostra piccola bambina di neve, cosa le è successo? Chi ci aiuterà a ritrovarla? Dove sarà adesso?»

E lei spalancò la porta dicendo:

«Eccomi, sono qui! Sono tornata! La vecchia volpe mi ha riportato a casa!»

E loro subito se la strinsero al collo, abbracciandola e baciandola. Poi dissero alla volpe:

«Ti siamo molto riconoscenti, cara volpe, e ti ringraziamo con tutto il cuore per ciò che hai fatto. Cosa possiamo darti in segno di riconoscenza? Hai forse fame?»

«Certo che ho fame, ho fatto un lungo viaggio per salvare la vostra bambina. La mia missione l'ho compiuta per voi. Datemi qualcosa da mangiare.»

E la vecchietta andò a prenderle una crosta di pane.

«No, mi spiace. Io sono una volpe, non mangio pane. Un prosciutto andrebbe bene.»

E il vecchio e la vecchia si scambiarono un'occhiata e dissero:

«Va bene, adesso andiamo a vedere nella dispensa cosa possiamo trovare.»

E la fecero aspettare. La moglie disse:

«Ecco, marito, nostra figlia è tornata. Mi sembra proprio uno spreco dar via il nostro grasso prosciutto, perché non ne abbiamo molti altri.»

E aggiunse: «Io ho un piano.»

«Sì, hai ragione, moglie mia. Anche a me sembra un bello spreco» disse il vecchio. «Nostra figlia è tornata. Dobbiamo trovare una soluzione per risparmiare il nostro bel prosciutto.»

La vecchia allora prese due sacchi. Nel primo mise il grasso e saporito prosciutto, nel secondo sacco il loro cane più feroce. I due uscirono dalla capanna, portarono fuori i sacchi e chiamarono la volpe.

«Ecco vieni, siamo qui. Apri il sacco e tira fuori il tuo prosciutto.»

Ma non appena la volpe aprì il primo sacco pregustando il prosciutto, la vecchia aprì il secondo sacco, e da quello balzò fuori il cane. Quando la volpe vide il luccichio di quei grossi denti e il feroce cane abbaiare minaccioso, corse subito via nella foresta.

In tutto quel trambusto la bambina era rimasta in casa e i genitori la udirono allora cantare una canzone.

La canzone di Dasha diceva:

*Vecchietti miei, vecchietti miei,*
*adesso l'ho capito,*
*voi volete meno bene a me*
*che a un prosciutto saporito.*

*Addio, addio, vecchietti miei,*
*così di nuovo me ne andrò,*
*piccola figlia di neve*
*da mia madre nel cielo tornerò.*

I due corsero subito nell'isba preoccupati per quelle parole che non promettevano niente di buono. E tutto quello che videro fu una pozza di acqua, e vicino alla stufa un piccolo cappello, due stivaletti da neve, e i vestiti della bambina. Parve loro che l'immagine della piccola di neve aleggiasse per un momento accanto alla stufa: sì, la loro figlia stava scomparendo. La donna allora la supplicò:

«Non andare! Non andare! Ti prego, non andare!»

Ma lei era già scomparsa, attraverso la porta aperta, nel buio della notte. I due vecchi udirono ancora una volta le risa della loro bambina, insieme a un suono magico, come di campanelli. E fu tutto.

Un vento freddo riempì la stanza: la piccola figlia della neve se n'era andata.

Era ormai nelle braccia del gelo, suo padre, e della neve, sua madre, che la portarono via con sé, sopra le stelle, fino alle regioni del Nord, dove dimorano le luci dell'aurora. E là giocò tutta l'estate, sopra quegli infiniti mari gelati.

Ma d'inverno qualche volta Dasha torna in Russia, a giocare con la neve. Allora può capitare di vederla di nuovo, di notte, attraverso i vetri della finestra: una piccola ragazza di neve che gioca, sola, sotto i raggi della bianca luna.

# LA RICERCA

## Firenze, Italia

*Un ritorno può essere*
*la vera partenza.*

Il mio nome è Daria. Sembra un nome normale, alle elementari avevo una compagna che si chiamava Daria come me e per distinguerci ci chiamavano Dariagi e Dariapi, con l'iniziale dei nostri cognomi. Il mio nome però è russo. Pare strano, ma è così. Perché io sono russa. Ma anche italiana. Complicato.

In Russia, mi ha detto mia madre, mi chiamavano Dasha, che a me piace molto di più. Si pronuncia "dascia" e sa di prati verdi. In Russia ce ne sono molti, li chiamano steppe, e si stendono per chilometri e chilometri. Peccato però che lei continui a chiamarmi Daria. Come fanno tutti, anche a scuola. Sembra italiano come gli altri, ma io so che il mio nome è russo. Come me.

Non sono sola: ho un fratello, anche lui russo, che ha un nome più difficile. Andrej. Non ci somigliamo molto, anche se la gente dice sempre il contrario, per farci piacere. Perché lui è nato a Mosca, da un'altra famiglia, ed è molto alto e ha i capelli rossi. Quando lo vedono, tutti dicono: «Eh sì, è proprio alto e robusto come tutti i russi...» Poi vedono me e allora non dicono più niente, perché io sono bionda e piccolina. Insomma, proprio non si capisce che siamo fratelli, mentre lo siamo davvero. Qualche volta è complicato farlo capire alla gente.

Adesso stiamo per tornarci, in Russia. A dir la verità sto aspettando che mamma torni a casa. La andiamo a prendere all'aeroporto, e poi andiamo tutti all'ospedale a vedere la mia prima cuginetta, che è nata proprio stanotte. Si chiama Chiara, ed è precisa uguale a suo papà Fabrizio. Quando è nata erano in cinque tra medici, ostetrica e infermieri, più il suo papà, e la prima cosa che hanno detto tutti in sala parto è stata:

«È tutta suo padre!»

Nessuno che abbia aggiunto: "Ma somiglia un po' anche alla mamma..." o qualcosa del genere. Povera zia Cristina.

Io allora le ho detto, alla zia:

«Ma quando crescerà vedrai che diventerà bella come te!»

Sono diventata da poco zia. E ne sono molto orgogliosa, anche se non ho alcun merito.

Mia nipote è nata stanotte, è stata diligente, ha aspettato proprio che io arrivassi. Daria e mio marito sono venuti a prendermi all'aeroporto di Firenze, e mi hanno portato all'ospedale a vederla. Mamma e bambina in perfetta salute. Dovevo vederla nonostante la stanchezza: quando ritorno da New York sono sempre stravolta, e non solo per via del fuso orario alla rovescia. Ma questa volta posso dirlo: mai stata così bene.

«Ma è perfetta, bellissima!»

«Già...»

Cristina era sfinita ma felice. E orgogliosa, come solo una mamma sa essere.

«Somiglia a Fabrizio, come una goccia d'acqua!»

Era la verità. L'ha notato anche mio marito, che in fatto di somiglianze non ci ha mai capito un granché. Ma quella volta era troppo evidente.

Ora, non è che Fabrizio sia brutto, anzi, ha un viso molto carino, ma credo che ogni mamma vorrebbe vederci anche del suo, in quell'esserino su cui ha lavorato ben nove mesi, senza parlare poi delle gioie del parto.

«Hai sofferto?»

«Pensavo a quando mi dicevano che non si sentiva niente! Balle. Tutti mi dicevano: "Signora, non urli più, per favore!" Ma scherziamo? Si sente un male cane!»

"Già, questa parte io me la sono risparmiata" mi sono detta.

Chiara, così l'hanno chiamata, non sono riuscita a prenderla in braccio, i primi tempi: troppo piccola lei, troppo emozionata io. La mia prima volta da zia!

E la mia prima volta con una bambina così piccola. I miei figli li ho conosciuti quando erano già abbastanza cresciuti. Anche se mi si sono lanciati subito in braccio, non è la stessa cosa tenere sulle ginocchia un bambino di nove anni o un aggeggio irrequieto di cinque, come era mia figlia in quei primi tempi, e un fantolino inerme di pochi giorni.

Solo alcuni mesi dopo, a Natale, festeggiato come sempre a casa nostra, sono riuscita a prendere in braccio Chiara. Nessuno ci vedeva: l'ho presa, ultima di tutta una serie di familiari e amici, e me la sono portata in sala sul divano. Finalmente sole.

E ho cominciato a parlarle un po'. Come se lei capisse! I bambini piccoli sono dei vegetali, ti guardano con quegli occhioni – Chiara li ha bellissimi, di un nero profondo – e forse nemmeno ti vedono. Fatica sprecata, tutti quei sorrisini, tutte le paroline che noi, i bambini di turno, facciamo per il loro divertimento. (Per il nostro!)

O forse no, perché lei rideva, e rideva... Mai riuscita a farlo con mia figlia. A cinque anni la cosa che preferiva fare era frullare via dalle mie braccia in due secondi netti per lanciarsi tra le braccia di qualcun altro. Ci ho messo due anni per riuscire a tenerla stretta a me qualche minuto ferma sul divano, e a vederla addormentarsi accanto a me. Come invece fa sempre, come se fosse la cosa più normale di questo mondo, Chiara con la sua mamma.

Ovviamente mia figlia ha cominciato a dormire con un'altra, la mia amica Paola. Eravamo andate a farle visita, lei si getta tra le sue braccia, e mentre noi chiacchieriamo un po', si addormenta beata. Certo, Paola vanta un seno molto più accogliente e morbido del mio, oltre a qualche anno di più e a tre figli ormai sposati. E tre nipotini. Ma si può essere più ingrati?

Di sicuro un'altra persona l'avrà tenuta in braccio e l'avrà addormentata ancora prima di Paola, ancora prima di me. Ma non mi era mai venuto in mente, o forse non ci volevo pensare, prima. Era una storia che non mi apparteneva.

Sergio è riuscito a entrare di nascosto in sala e a farci una foto, io e mia nipote insieme: si vede un albero di Natale, e una me un po' strana, con una piccola in braccio... sorridiamo, molto felici tutte e due. Adesso la foto sta sul cassettone, in sala, accanto a quella che mi ritrae con i miei figli in braccio, scattata dieci anni fa, il nostro primo giorno insieme in Italia.

Chiara, mia nipote, sa che potrà contare su di me: per tutte le storie che le racconterò, tutte quelle che mia figlia non ha avuto la pazienza di ascoltare, e per tutte le cose che le potrò insegnare, tutte quelle che i miei figli sapevano già, e qualche volta erano da rifare... Ma non certo per i pannolini da cambiare: non saprei proprio da che parte cominciare. Io non l'ho mai fatto.

Che cosa si prova a essere zia? Bello, anche se mia nipote non somiglia affatto a me. Sua mamma Cristina è la sorella di mio marito. Adesso che, secondo il bollettino aggiornatissimo di Daria, il 24 febbraio ha compiuto nove mesi, somiglia un po' di più a mia cognata e a mio marito, con buona pace del papà Fabrizio, che detiene comunque sempre la maggioranza delle azioni.

Di me niente. Comunque sono sua zia, come sono mamma dei miei figli, proprio non si può metterlo in dubbio, anche se non ci somigliamo affatto. Non sarebbe possibile: ognuno di noi ha padri e madri differenti, nati in luoghi diversi e lontani. Nemmeno io e mio marito ci somigliamo granché, comunque.

Eppure tutti insieme formiamo una famiglia. Vaglielo a spiegare, a quei cinque medico-ostetrico-infermieri: si può essere figli anche senza essere dei cloni dei propri genitori.

La nascita, e ancora prima l'attesa di Chiara in quella bella pancia rotonda, è stata una cosa importante non solo per me, ma soprattutto per mia figlia. Vedere quella pancia che cresceva e cresceva era proprio bello, una cosa che incuriosiva molto Daria e la faceva riflettere.

Pensava certo alle altre pance, e alle altre mamme. E forse ha iniziato a pensare un poco anche alla sua, alla pancia della sua mamma. Così come anche a me ha fatto pensare alla mia, di pancia, e a quel bambino mai nato dentro.

E tutto è cominciato da quel giorno.

Io le stavo asciugando i capelli, in bagno. Daria è molto brava a lavarseli, l'ha sempre fatto da sé, fin da quando l'ho conosciuta, e aveva cinque anni e mezzo. Faceva la doccia da sola, già allora, ma scoprimmo che si lavava solo una parte del corpo: le gambe, dal ginocchio in giù. Le strofinava e ristrofinava. Era per quello, capimmo finalmente, che la sua pelle in quel punto era diventata così ruvida. E non solo per via del sapone che aveva usato fino ad allora, che non era raffinato come quello che usa adesso. Negli orfanotrofi dei paesi dell'Est adoperano quello che noi usiamo per il bucato: toglie le macchie resistenti, come anche la pelle, a volte.

Ma se è brava a lavarseli, i capelli, mia figlia non se la cava ancora altrettanto bene con il phon: il phon e i suoi capelli si ostinano a procedere per strade diverse. Passi per la frangetta, che è più facile. Ma quel phon tende a sfuggire al controllo delle sue mani e a cambiare direzione, e l'aria calda va dove vuole lei, sullo specchio, sul lavandino, o addosso a me.

«Daria, per favore, sto sudando!»

Sudo sempre quando cerco di aiutarla a fare le cose. Un po' per il nervosismo, non si sa mai da che parte cominciare, un po' perché mi dispiace per tutte quelle sue inadeguatezze. E ne ha ancora tante.

«Mamma, a volte sono un po' imbranatina!»

Lo sa anche lei che non è sempre facile riderci su, sulle nostre inadeguatezze, nel nostro mondo affollato da una moltitudine di individui superefficienti-superdotati. O almeno all'apparenza tali.

E così ci alleniamo, come dice la nostra amica

psicomotricista Cristina, a fare del nostro meglio. Lei senz'altro meglio di me, che non ho affatto pazienza, come mamma.

Però sono una maestra nell'organizzazione, il che qualche volta compensa. Così quando mia figlia mi ha chiesto con voce sicura, guardandomi dritta nello specchio: «Mamma, vorrei andare in Russia a vedere dove sono nata...» ho fatto un lungo sospiro. E quando ha aggiunto: «... e la mia mamma russa!» non sono svenuta.

Aspettava una risposta, quella giusta.

C'era lo specchio di fronte a me, e mi sono vista, un'altra Anna che rispondeva, come se fosse la cosa più normale di questo mondo: «Certo, ci andremo.»

La cosa più normale di questo mondo! Ma dentro, al di là di quello specchio per fortuna appannato dal phon, mi sono detta: "Oh mio Dio, e come farò?"

Certo, avevo già fatto quel viaggio con Andrej, in Russia, quando lui aveva pressappoco la stessa età. E avevo promesso che avrei fatto lo stesso con lei, quando l'avesse voluto: una specie di rito di iniziazione alla soglia dell'adolescenza. Ma con Andrej era stato diverso: si era trattato di un viaggio a San Pietroburgo e non a Mosca, che è la sua città natale. Comunque abbastanza duro per lui, perché avevamo fatto il giro di tanti istituti e visto molte situazioni analoghe alla sua.

Io dovevo fare un reportage sull'infanzia, quell'anno, per costruirci sopra un libro. Ero con Andrea, il mio amico fotografo, e una famiglia siciliana che aveva portato con sé il figlio, della stessa età di Andrej. Insomma, una combriccola. E niente ricerca di madri o parenti, niente ricerca del passato. Una gita turistica nel suo Paese, di cui volevo fosse fiero. Avevamo visitato alcuni orfanotrofi, sì, ma anche visto musei e fatto gite in battello, e tutte quelle cose che si fanno a San Pietroburgo da turisti.

E poi c'era stato il suo compleanno, festeggiato in casa di Oxana, la corrispondente dell'associazione di volontariato che aveva finanziato il progetto, con i nostri amici russi e italiani: spaghetti alla carbonara e torta al cioccolato. Andrej era raggiante. E tutti i russi a coccolarlo, un loro "figlio" ritornato, che però non ricordava più la sua lingua.

Avevo comperato un vocabolario tascabile, e ripassavamo insieme le frasi più comuni, scritte con quei caratteri così difficili, tanto per fare contenti quei russi: buongiorno *dobri din*, buona notte *dobri noce*, ciao *priviet*, grazie *spassiba*, *pajalusta* prego... e lui rideva.

«Com'è buffo, mamma!»

«Andrej, ma questa è la tua lingua!»

«Sì, ma è proprio buffo!»

Ci fu anche chi gli chiese se sarebbe voluto ritornare, da grande, nel suo Paese. Fu durante un incontro ufficiale con il ministro per l'Educazione della Regione di Leningrado (che aveva mantenuto la denominazione del periodo comunista), quello da cui dipende il settore dell'assistenza all'infanzia. Eravamo tutti seduti intorno a un grande tavolo, io, Andrej, i rappresentanti dell'associazione con i loro figli, alcuni funzionari russi e Oxana, che ci faceva da interprete. Sì, ricordo proprio che fu il ministro a porre la domanda ad Andrej, dopo un commento sulla piacevole sorpresa nel vedere un ragazzo russo adottato che tornava a rivedere il suo Paese.

Dopo aver cercato inutilmente di intavolare con lui una conversazione che andasse oltre il nostro sudato buongiorno-grazie-prego, lo informò, come se si trattasse di un privilegio, che il suo passaporto sarebbe comunque sempre rimasto valido, così come la sua nazionalità. Da grande, se voleva, poteva ritornare nel suo Paese e aiutare i suoi connazionali. Sarebbe tornato? Andrej rispose, con la disarmante sincerità di un ragazzo:

«Sì, ma da turista.»

Chissà che cosa tradusse Oxana, per non offendere l'orgoglio del ministro.

Quando lasciammo quella splendida città con i suoi canali e i suoi palazzi dorati, fu con la nostalgia di poterci ritornare. Da turisti, ovviamente.

Ma qui si trattava di ben altro. Daria voleva proprio ritrovare i luoghi della sua infanzia, quelli che lei, dal poco che sapevo, aveva vissuto soprattutto nel dolore e nelle privazioni.

E poi lo voleva davvero, quel viaggio, o era il frutto di qualche fantasia trasmessa da un'altra persona? Daria a volte è molto influenzabile.

Glielo chiesi subito.

«Daria, allora, come ti è venuta questa idea del viaggio? Ne hai sentito parlare da qualcuno?»

«No, mamma. È proprio che ci voglio andare.»

Certo, i figli ti fanno le domande più difficili sempre nelle situazioni più normali, quelle della vita quotidiana. Per normali intendo quelle in cui tu sei indaffarata, magari cucini un buon fritto, e se distogli l'attenzione ti si rovina ogni cosa, o guidi in mezzo al traffico, ed è pericolosissimo distrarsi.

E non si sa proprio che cosa rispondere in pochi attimi, e come trovare le risposte giuste, che è quello di cui hanno assolutissimamente bisogno i nostri figli.

Fu infatti in una di quelle situazioni, mentre guidavo per portarla a scuola, che mia figlia mi chiese, un giorno:

«Mamma, ma quando io ero in Russia, tu dov'eri?»

Domanda difficile.

Era il tempo delle confusioni: ero io la sua mamma russa?

Provava a presentarmi così alle persone: «Io sono russa, lei è la mia mamma russa.»

Ma io la correggevo sempre. «No, io sono la tua mamma italiana.»

Ma allora se ero la sua mamma italiana, anche lei era italiana.

«No, tu sei nata in Russia. Tu sei russa.»

Mamme e paesi proprio non quadravano.

E poi c'era mamma Luda a complicare le cose.

Luda era la sua tata in quell'istituto di Vladimir. Ogni tanto guardavamo una foto: mamma Luda con Daria in braccio. Si vedeva che le voleva bene.

E infatti i primi tempi la ricordava, e siccome la chiamava mamma, pensava a lei come la sua mamma russa, ma...

«No, mamma Luda era solo la tua tata!»

E allora chi era la mamma?

«Tu hai avuto una mamma russa!»

Allora: mamma Luda?

«No! Non mamma Luda.»

Una bella confusione davvero. Anche perché non ricordava altro.

Ma se io ero la sua mamma italiana, come alla fine riuscii a farle accettare, allora: «Dov'eri mentre io ero in Russia?»

Che voleva dire, nel linguaggio breve e profondo dei bambini:

"Ma dove sei stata, a perdere tutto quel tempo, quando io ero lì da sola e avevo bisogno di te?"

Mamma fedifraga e senza cuore. Una parte che a nessuno piace recitare. E meno che a tutti a me, quella adottiva, quella venuta dopo, a giochi fatti.

Così cercavo di infilare in quella sua testolina bionda e confusa la nozione che aveva avuto due mamme. Impossibile immaginare quale groviglio di ricordi, di sensazioni, di emozioni ci fosse lì dentro. Ma soprattutto quale infinito bisogno di ricucire il tutto in un modo che avesse un senso.

Unico punto fermo: quel nome, Daria. Ma un nome non basta, anche se è importante averlo.

Non so molto di me come russa, oltre al mio nome. E un nome non mi basta.

Per questo ho chiesto a mia mamma di tornare, per trovare qualcosa. Vorrei sapere di mia mamma, quella che mi ha tenuto nella sua pancia, e vederla. Perché qualche volta mi prende una nostalgia di lei. Anche se non me la ricordo per niente.

Una cosa un po' difficile da spiegare agli altri. Tutti quelli che mi conoscono mi vedono sempre allegra e felice, nella mia famiglia. E lo sono. E pensano che questo possa bastare. E invece qualche volta non basta. È come un bisogno di mamma... anche se la mamma ce l'ho, si chiama Anna, e mi vuole un gran bene.

Ma è quell'altra mamma che mi manca. Che è una mamma uguale, e che non ho più. Ho bisogno di sapere di lei.

L'ho chiesto alla mia mamma Anna. Sapevo che non mi avrebbe detto di no. Lei mi capisce. Poi ci ha riportato anche mio fratello, in Russia: adesso tocca a me.

Mi ha detto che mia mamma si chiamava Nadezhda, e che il suo (e il mio) cognome è Kurakov. Avevo anche un patronimico, che è una cosa che si usa solo in Russia, e mi hanno spiegato che è come dire "figlio di". Il mio era Ivanovna: figlia di Ivan?

So anche che probabilmente ho vissuto con lei

per alcuni anni. Perché quando i miei mi hanno preso dall'istituto avevo cinque anni, ed ero lì da un anno soltanto. Ma non sappiamo nient'altro.

Dov'ero prima? E cosa facevo?

So quando sono nata, e anche dove: Stepantsevo. Ma non so dov'è. La mamma si ricorda solo del posto dove è venuta a prendermi, l'istituto di Vladimir. Quello lo so dov'è, e lo so trovare sulla cartina geografica. Ma Stepantsevo?

Troppo piccolo per essere sulla cartina geografica che abbiamo, ha detto mamma. E allora? Dove sono nata davvero?

Mi piacerebbe ritrovare il posto dove sono nata per vedere com'è, ma anche per sapere se qualcuno si ricorda di me e di mia mamma. Forse anche lei si ricorda di me, della sua Dasha, e si chiede come sto. Forse anche lei mi chiamava così da bambina.

Io non mi ricordo. E invece vorrei poter ricordare.

Per esempio, i miei hanno tante foto di quando erano piccoli, e perfino quelle del giorno in cui i loro genitori si erano sposati, e pure qualcuna di loro, i nonni, da neonati. Una molto buffa è quella di nonno Luigi, il papà della mamma, disteso tutto nudo su una specie di pelliccia. A quei tempi si usava così.

E poi c'è n'è una con mia mamma che mangia

la pappa, con il suo cane Buck che la guarda con il muso in su, come per dire: "Ce n'è un po' anche per me?"

Anch'io possiedo un album di foto, ma cominciano da quando avevo quasi sei anni. Non ne ho di quando ero più piccola. Le prime foto ritraggono i miei genitori quando sono venuti a prendermi, in Russia, e poi ci sono quelle del mio primo compleanno in Italia. Non so se ne avevo festeggiati, in passato: degli altri non ricordo niente. C'era un sacco di gente, ognuno con un regalo per me, e ho spento le mie prime candeline sulla torta.

Neanche per mio fratello ci sono stati tanti compleanni. Lui dice che è perché in istituto si festeggiano tutti i compleanni dei bambini insieme. Come se fossero nati nello stesso giorno.

A me sembra proprio stupido. Forse però è perché hanno un torta sola, e non hanno i soldi per fare tante feste.

Certo, è un po' triste, non avere mai una festa che sia proprio tua.

Mia nonna mi chiamava Nanni, a Firenze si usa così. Tutta la sua famiglia mi chiama ancora così, è una specie di diminutivo di Anna.

Così come Dasha in Russia è il diminutivo di Daria.

Mia madre mi ha detto che, la notte prima che io venissi alla luce, sognò una bambina bella, con tanti capelli neri e un nome dolcissimo e breve: Anna.

«Quando nascesti» mi racconta sempre «eri proprio come ti avevo sognato. Ti abbiamo chiamato Anna. Eri proprio la bambina dei miei sogni.»

Fa bene sentirselo dire.

Nel nostro nome c'è un po' un pezzo della nostra storia. Anche Daria racchiude nel suo nome il sogno di sua madre. Ne sono certa.

Daria e Dasha sono la stessa persona, adesso. Anna e Nanni lo sono sempre state.

Della mia infanzia neanch'io ricordo molto. Ma se chiudo gli occhi vedo un lungo corridoio, e quelle mattonelle esagonali, nere e bordeaux, alternate a formare dei disegni sul pavimento lucido. Era il corridoio della casa di mia nonna, dove abbiamo vissuto i primi anni, a Firenze, fino al trasferimento nella nuova casa.

Sul corridoio si aprivano la cucina, la sala da pranzo, le camere, e in fondo un ampio soggiorno. Ricordo anche un grande giardino interno su cui l'appartamento di mia nonna si affacciava con un lungo balcone, sul quale però non batteva mai il sole. Non ricordo di averci mai giocato.

Nei primi tempi venni accudita da una balia, Bruna (la mia mamma Luda), perché mia madre stava molto male dopo il parto. Una brutta polmonite, complicata da una pleurite, e a quei tempi era una malattia molto grave. Mio padre era disperato.

La casa dove abitavano, in campagna, era vecchia e troppo umida, e mia madre aveva bisogno di assistenza e di molte cure. E poi c'ero io.

Fu per quello che ci prese con sé mia nonna. La malattia di mia madre, e quella convivenza offerta ma anche forzata dalle circostanze, fu anche l'occasione per ristabilire un legame interrotto, poi ricomposto più volte, ma sempre con fatica, tra loro due.

Di quegli anni conservo il sapore di una pappa di riso (il riso è ancora il mio cibo preferito) che mi faceva Bruna, e il ricordo del colore della stoffa di un vestito di mia madre. Quando mi teneva in braccio, le appoggiavo il capo sul petto e su quel vestito, una fantasia a piccoli disegni, fiorellini, nero, blu, rosso, molto scura. Ho nelle orecchie ancora le vibrazioni del suono della sua voce, attutita, così come mi arrivava dal suo petto. Forse una ninnananna.

Mia madre si chiama Maria. Ci ho sempre scherzato sopra: Anna nel Vangelo è la madre di Maria, e nella nostra realtà era la figlia. Ma infine nella nostra storia è stato sempre così.

Io sono la persona che si prende cura di lei, quella a cui si appoggia, quella chiamata spesso a fare da mamma. Una mamma che lei non ha avuto, presente e affettuosa come avrebbe desiderato.

Anche lei infatti era cresciuta a balia, come si diceva un tempo. Sua madre Teresa, che io ricordo con affetto come la mia unica nonna, si era sposata troppo giovane, ed era subito rimasta incinta. Non resse al peso delle precoci responsabilità materne, lasciò la figlia da poco partorita alle cure del marito e scappò via. Troppo giovane e troppo cittadina, diceva la zia Novilia, per vivere in campagna con un uomo pure così ricco e bello.

Perché il marito, nonno Gino, "aveva gli occhi azzurri e i capelli biondi. Era un uomo molto affascinante, alto e sempre elegante. Le donne ne rimanevano conquistate" ricorda sempre mia madre. "Era un padre affettuoso. Quando tornava dai suoi viaggi in Africa, mi portava sempre dei regali."

Importava banane e frutta esotica dalla Somalia. Una volta le portò addirittura una scimmietta: "Era piccola e buffa. La portavo in bicicletta, sul manubrio. Tutti mi guardavano." E aveva tanti amici: "Gino Bartali era sempre a casa nostra, per via della sua passione per la bicicletta e le corse."

Alcuni anni dopo la sua morte, sulle colline intorno a Firenze, si correva ancora una gara in suo nome. Tutti lo ricordavano anche per la sua generosità. Figlio di una famiglia numerosa, fu il primo ad aver successo negli affari e, come si usava a quei tempi, sistemò i suoi tre fratelli, inserendoli nel suo stesso commercio. Ricordo il negozio di frutta che aveva aperto a Roma per un suo fratello. E a tutti aveva anche procurato una casa o un appartamento.

Così che mia madre aveva schiere di zii e cugini, a Roma e a Napoli, e tutti molto uniti. Ci ritrovavamo in estate, a Montecatini, ed era una grande festa. Da zia Novilia tutti passavano per salutare, e per ricordare i bei tempi. Io ero sempre un po' stordita dai visi, per me nuovi, e dai tanti nomi. Mia madre rideva e si lanciava in fitte chiacchierate con la sua Orietta, con Ivo, Luca, e tanti altri, i cui nomi non ricordo più. Era proprio una festa, una grande famiglia. Mancava però sua madre, il cui ricordo sembrava comunque sempre aleggiare, come un fantasma.

Si diceva infatti che anche mia nonna Teresa fosse una conquistatrice di uomini. E si favoleggiava sulla sua bellezza ed eleganza.

In realtà la nonna che ricordo io era bassa e grassottella, e di uomini ne ebbe due soli, mio nonno e il secondo marito. Aveva però un modo di fare che incantava, e riusciva a ottenere da tutti ciò che voleva.

Il suo secondo marito fu un pilota di auto da corsa, proprietario di una ditta di trasporti pubblici. Anche lui molto ricco (anche se non bello come mio nonno Gino), tanto da poterle regalare una bella casa e una vita di agi a Firenze. Quello che lei voleva. E un altro figlio.

Presero in casa anche una bambina, Serena, figlia di un loro caro amico e la allevarono come fosse una loro figlia. La madre, attrice di teatro, l'aveva lasciata quando aveva pochi mesi al marito: non poteva prendersene cura, diceva, pena la carriera. I due si separarono.

Non divenne mai famosa.

Il padre, anche lui attore, veniva invece spesso a trovare la figlia, in casa di mia nonna. L'adorava. E quando era in tournée a Firenze, ci procurava sempre i biglietti per la prima. Lo ricordo in una splendida edizione di *My Fair Lady*, con Delia Scala. Inventava sempre qualche gioco divertente per me, quando ero piccola.

Serena considerò sempre mia nonna come una madre, una specie di madre adottiva. E credo che mia nonna si sia servita in qualche modo di lei per colmare il suo debito con il passato.

Mia madre invece fu allevata dalla zia Novilia e dallo zio Beppe, nella loro grande casa in campagna, vicino a Montecatini, e crebbe con le loro due figlie, poco più grandi di lei. I primi tempi fu data a balia a una brava contadina, Assunta, che viveva lì vicino, nella zona di Fucecchio. Lei l'allattò e se ne prese cura insieme al suo bambino, che divenne il suo fratello di latte, come si diceva a quel tempo.

Assunta rimase sempre molto affezionata a mia madre. Ci mandava sempre gli auguri ogni Natale, e almeno una volta all'anno veniva a trovarci portando orgogliosa uno dei suoi più bei tacchini, gettando il nostro appartamento e noi nello scompiglio più totale.

Il tacchino finiva sempre in campagna nel podere dello zio di mio padre, con molte raccomandazioni da parte nostra perché facesse una fine serena.

Quando mio nonno Gino scelse una nuova compagna, questa fece un po' da madre alla giovane

Maria, anche se matrigna sarebbe la parola giusta. La nuova famiglia tornò a vivere a Firenze, in una bellissima casa in via dello Statuto. Ci passo spesso davanti: una di quelle villette liberty con le pietre a bugnato, come potevano permettersi i commercianti di quel tempo, trasformata oggi in due piani di appartamenti.

Mio nonno Gino fu uno dei primi ad avere la macchina a Firenze, e mia madre tra le prime donne ad avere la patente. Conserviamo le sue foto alla guida di una fiammante vespa, con me raggiante sul sedile di dietro.

Anch'io a diciotto anni presi subito la patente e il motorino, ma senza vincere alcun record. Finii invece in una siepe, la prima volta che ci salii sopra.

La nuova compagna non riuscì mai a riempire il vuoto nel cuore di mia madre, ma anzi, le diede nuovi dolori: divenuta madre di due figli, prese a essere gelosa nei confronti di quell'unica figlia legittima che vedeva come una minaccia per il loro futuro.

Niente di più sbagliato. Quando mio nonno Gino morì, appena quarantenne, per un attacco di cuore, mia madre rinunciò a gran parte dell'eredità a favore dei suoi fratellastri. Ma non ricevette mai alcun ringraziamento. Anzi, perse ogni contatto con quei ragazzi a cui voleva molto bene, e di cui si era presa cura come una buona sorella maggiore. Si trasferirono a Milano, e mia madre non ne seppe più nulla. Le sue lettere tornavano sempre indietro, e fu una nuova dolorosa lacerazione.

Mia madre è sempre stata una persona molto dolce e generosa, e se non fosse stato per le insistenze di mia nonna Teresa, avrebbe di sicuro lasciato a quei ragazzi anche quel poco di eredità che aveva riservato per sé. E per noi: un podere e un appartamento.

La storia della riunione di mia madre con nonna Teresa mi è stata raccontata quando oramai anch'io ero maggiorenne, come una cosa di cui era meglio non parlare. Forse perché riguardava tante persone ancora in vita, con cui avevo rapporti, e trattava sentimenti che era meglio non toccare. Poi con il tempo la nebbia si è diradata e ho compreso meglio i silenzi di mia madre, il suo dolore spesso trattenuto, i momenti di disagio, e il suo fortissimo attaccamento a me.

Fu quando era adolescente che sentì forte il bisogno di cercare sua madre. Aveva diciassette anni. E la trovò abbastanza facilmente, per una serie di fortunate coincidenze.

Con sua zia e le cugine, era solita trascorrere le

vacanze a Viareggio, luogo preferito delle famiglie della borghesia toscana. Qui avevano fatto amicizia con la famiglia di un "bellissimo giovane" (il mio futuro padre).

Nell'album di famiglia c'è una foto di mia madre insieme a Ivenza e Albertina, in costume da bagno, in posa da sirenette, sulla battigia, come si usava allora. Mio padre mostra in un'altra il suo fisico da atleta: era un bravo nuotatore, faceva tutto il molo a stile libero!

La sua famiglia viveva nella campagna intorno a Firenze. La madre era una donna molto alta, con uno splendido sorriso, che forse un po' mi somiglia. Almeno per quello che posso vedere da una fotografia ingiallita che mio padre tiene sempre vicino al suo letto. E ne porto anche il nome, Genni.

Genni era una conoscente dell'elegante signora Teresa, anche lei venuta da Firenze a passare l'estate al lido viareggino. Così, casualmente le due famiglie entrarono di nuovo in contatto dopo tanti anni. E fu proprio grazie alla complicità della zia Novilia che mia madre riuscì a ricostruire la sua storia e a ottenere un incontro con la signora Teresa. La sua curiosità era grande, così come il bisogno di ritrovare un affetto sognato.

Mia madre ricorda una donna molto elegante, di belle maniere. Ma distante. Certo a disagio.

«Portava un cappello a falde larghe, di paglia. Mi parve bellissima. Fu molto gentile. Io piansi.»

Non dev'essere stato un incontro facile. Ma il risultato fu la ripresa di una relazione di cui entrambe avevano bisogno, molto difficile, fatta di alti e bassi.

Mia nonna fu sempre presente nei momenti in cui mia madre ne aveva più bisogno. Appunto, si prese cura di me e di lei, subito dopo il parto, ospitandoci nel suo appartamento di città, dove restammo per cinque anni. I miei primi cinque anni di vita.

Oggi quella casa non c'è più. Al suo posto sorge un moderno palazzo di quattro piani. Orrendo. Del giardino, trasformato in parcheggio, è rimasto solo un alto pino.

Qualche volta dai nonni ci divertiamo a vedere i filmini di quando mia mamma era piccola. Il nonno prende un vecchio proiettore, un grande schermo, e poi si comincia. In realtà lo schermo è una grande tovaglia bianca di plastica che lui appende in alto sulla libreria, e il proiettore lo mette sopra il gradino più alto di una scaletta. Io poi lo aiuto con la cassetta dei filmini, che è nell'armadio grande dell'ingresso.

Ce n'è uno, il mio preferito, dove la mamma è al mare e passeggia mangiando un gelato. Poi si vede lei sulla spiaggia in costume e poi dentro l'acqua, che fa il bagno. Per far ridere Andrej e me, il nonno lo manda all'indietro e si vede lei che salta all'indietro fuori dall'acqua, e risputa tutto il gelato nel cono...

Poi ce n'è un altro, sempre fatto dal nonno, dove lei va in bicicletta con degli amici, e poi gioca su una grande terrazza.

«È la casa dove stavamo quando Anna aveva cinque anni. È qui vicino.» E una volta ho chiesto alla mamma di portarmi a vederla. Così, per curiosità. Era una casa di due piani, grande. «Ci sono sei appartamenti, vedi? Il nostro era quello al secondo piano, sul lato sinistro. E vedi quel balcone? Era il mio preferito. A me piaceva stare lì a giocare. Sotto abitava una mia amica, e ci passavamo dei bigliettini, e dei giocattoli, da un balcone all'altro, con un cestino appeso a una corda. Giocavamo spesso insieme. Anche in cortile, con gli altri ragazzi che stavano lì.»

Io a quell'età ero già in istituto. Ma per quanti

sforzi faccia, non riesco a ricordarmi niente di prima. Nemmeno degli amici che avevo là. Perché forse ne avevo. C'è come una nebbia.

Qualche volta guardo le foto di quando ero nell'istituto, quelle che mi ha fatto la mamma quando era venuta a prendermi, e non mi ricordo nemmeno di quella Dasha lì – e forse non sono io.

Sono più piccola, con un gran fiocco rosa in testa, gli stessi capelli biondi che ho adesso, gli stessi occhi azzurri (o grigi, come dice la mamma)... ma sono davvero io?

Chissà. Forse se torno in Russia e ritrovo l'istituto e le persone che stavano con me in quei giorni, allora saprò se ero davvero io, quella là, o un'altra.

Forse sono sempre stata qui, con mamma Anna, e non c'è stata nessuna Russia e nessuna Dasha. Forse così sarebbe meglio. Più semplice.

A volte la notte faccio dei sogni, e mi sveglio urlando. Poi vedo mia mamma vicino a me e mi riaddormento. Ma non ricordo nemmeno i miei sogni. Accidenti!

La Laura, l'amica della mamma che fa la psicologa, mi ha detto: «Quando ti svegli la mattina, prendi subito un foglio e una penna, e scrivi quello che hai sognato.»

Ma io non mi ricordo proprio. Mi scordo pure della penna e del foglio...

Chissà quali erano i ricordi di mia figlia, se ne aveva.

A ricucire quelle sue due storie, una russa e l'altra italiana, ci provarono per prime le maestre della scuola elementare. Daria faceva la seconda, anche se era di due anni più grande dei suoi compagni, ma la lingua nuova e tutti quei ritardi accumulati avevano richiesto per lei un inserimento lento e dolce. Ottenemmo anche un'insegnante di sostegno, per facilitarle l'apprendimento. Così furono la Lina e la Luigina (le maestre si chiamano sempre per nome) a prendersi cura di lei e dei suoi buchi neri. E ci riuscirono, almeno in quel primo periodo.

«A volte mi sento un sacchetto vuoto, con tante cose confuse dentro. A scuola faccio il sacchetto vuoto.»

Non era certo facile riempirlo di tutte quelle cose nuove, prima la lingua e poi le tante nozioni astratte. Il tempo ad esempio, ieri-oggi-domani: troppo difficile. Sembrava che per lei non avesse alcun senso.

Come si può riuscire a comprendere il domani se

l'ieri ci è sconosciuto, e abbiamo sempre vissuto l'oggi nella speranza di un futuro finalmente migliore? Quando il presente è stato solo dolore, nel corpo e nello spirito, si impara a vivere proiettati fuori dal tempo e dallo spazio, per non sentire più. Si cerca un luogo dove il dolore non possa più raggiungerci.

Anche la sua età, un numero che sembrava variare inspiegabilmente nel tempo, era una cosa difficile da tenere a mente. Ricordo che quando qualcuno le faceva la classica domanda che si fa a ogni bambino: «Quanti anni hai?» lei apriva le dita della mano e le faceva scorrere… chissà qual era la combinazione giusta!

E mente e corpo registravano le stesse difficoltà. Le risultava difficile anche muoversi in sequenza, per esempio nel fare le scale. Procedeva un gradino alla volta, con un piede solo, e poi si fermava; come una bambina piccina, per la quale gli scalini fossero troppo alti: non riusciva a scenderli difilato. Ci ha impiegato un anno intero. Così è stato per la bicicletta, sulla quale non è mai riuscita ad andare, e non solo per via dell'equilibrio precario, ma proprio a causa della coordinazione dei movimenti.

Ogni sequenza risulta spezzata se anche la vita è stata spezzata dal distacco dai propri affetti, da quel mondo conosciuto. Era così difficile per Daria immaginare la continuità della sua storia. C'era quel buco nero, confuso, dentro il quale anche lei sembrava perdersi.

In quei giorni in classe si facevano le prime lezioni di storia: si trattava di arrivare al concetto astratto partendo dalla storia personale, quella di ogni bambino. I piccoli alunni dovevano portare foto, indumenti, o quanto altro potesse servire a ricostruire in classe, su un grande cartellone, la loro storia.

Niente di più difficile per la mia Daria. Indumenti di quando era neonata? Foto?

Non aveva proprio niente, come non ricordava niente dei suoi primi anni di vita. La sua storia, per lei come per noi, sembrava cominciare dal momento del nostro incontro in quell'istituto, in Russia. E poi correva veloce e felice in quella casa vicina alla scuola, e nella scuola stessa, in cui era entrata dopo la nostra prima lunga vacanza insieme. Ma prima?

Prima il tempo non esisteva: non aveva alcun senso. Era un tempo fermo, il tempo dell'attesa. L'attesa di qualcuno che si prendesse cura di lei, così che il suo orologio potesse di nuovo battere le ore e i minuti.

La sua storia era troppo piccola rispetto a quella dei suoi compagni. Ma soprattutto non era tutta la sua storia, perché mancavano un sacco di pezzetti. Ed era così confusa e diversa rispetto a quella di tutti gli altri.

Era quello anche il periodo delle sue elle e pi e ti che svolazzavano per aria, in quei fogli troppo piccoli, dove riusciva a far entrare a malapena quella sua scrittura tutta a sghimbescio. I suoi disegni, molto più infantili della sua età, erano tutti per traverso: alberi, bambini, case, tutto svolazzante. Anche lei si disegnava, una linea lunga, due più brevi, un cerchio grande con due più piccoli dentro a formare gli occhi, tutto per aria, su quei grandi fogli bianchi.

E niente pancia, niente corpo. Sembrava che un grande vento scompigliasse cose e persone. E che niente avesse nutrito quel suo corpo, ridotto a una sola linea nera. Perché tutto era rimasto lì fermo, in attesa. In attesa che qualcuno nutrisse e accarezzasse quel corpo, e si prendesse finalmente cura di lei. Solo allora si può esistere.

Fu in quel periodo che le maestre mi chiesero di aiutarla a fare un quaderno. Io dovevo mettere insieme le foto, ovviamente quelle che avevo, del viaggio e dei primi tempi insieme in Italia. Loro l'avrebbero aiutata a scrivere o disegnare il resto.

Fu un lavoro lungo, e lo conserviamo ancora

adesso. Ci sono le foto di Daria in braccio alla sua Luda, con le altre compagne d'istituto, noi con la direttrice, e la fotocopia del suo passaporto russo, con quella foto in bianco e nero fatta sul posto. C'è Mosca con la Piazza Rossa, e lei in braccio a Sergio, e poi l'arrivo nella nuova casa, e le foto del suo primo compleanno in Italia. C'è lei che fissa impaurita quelle candeline accese: sei. Prenderà fuoco tutto?

«No, si tratta solo di candeline, vedi, si possono spengere così: *fffhhhh!*»

Non l'aveva mai fatto prima. E non riusciva nemmeno a soffiare. Fu la sua prima festa di compleanno.

Sul quaderno abbiamo cercato di ricostruire la sua nascita. O le sue due nascite, come talvolta si usa in una famiglia adottiva. Ci sono due mamme disegnate, con due belle pance incollate sopra. Alla mamma russa si alza la pancia e dentro c'è una bella bambina bionda. All'altra si alza la pancia e si scopre una culla. Le due mamme.

Daria quel giorno in classe si alzò, frullò in braccio alla maestra Lina e raccontò: «Io ho due mamme, una russa e una italiana. Sono nata a Vladimir, e ora vivo a Firenze.»

«Allora» mi raccontò Lina «tutti cominciarono a farle domande, incuriositi. Si sa, due mamme...

non ce le hanno mica tutti. E lei diceva che la sua prima mamma era morta, e che la seconda le voleva bene come la prima.»

Infatti aveva scritto su quel bel quaderno-diario:

"Quando ho visto la mia mamma Anna mi è piaciuta subito, somigliava alla mia mamma russa. Lei mi fa tante coccole, proprio come la mia mamma russa."

Quando non si ricorda, è bello potersi inventare una storia, quella che non può fare male. E si può immaginare una mamma russa dolce e presente, come quella che si ha accanto adesso. Così il passato diventa presente, e il presente passato: che bello poter sognare!

O ricordare? Forse a volte può essere la stessa cosa.

«E allora un compagno alzò la mano: "Anch'io ho due mamme!" Infatti Matteo ha i genitori divorziati. Sembrava una gara a chi aveva la storia più interessante» continuava la maestra, divertita.

Ma nessuna poteva reggere il confronto con quella di mia figlia. In classe c'era una cartina, Daria mise una bandierina sulla sua città, aveva portato anche delle cartoline di Mosca: nessuno era nato così lontano!

E fece anche un disegno, quel giorno: un bell'albero dritto, con le radici ben piantate in terra. La prima volta, in quel grande foglio bianco.

Quando andavo a scuola, alle elementari, ci provarono anche le maestre, a farmi ricordare. Com'era faticoso!

Io allora raccontai la storia che la mia mamma russa era morta. Più facile da raccontare, una mamma morta, che una di cui non si sa che il nome. E poi come si fa a raccontare, quando non si sa perché una da un momento all'altro non c'è più, e ti ha lasciato in un posto e poi se n'è andata via?

Quel giorno si commossero tutti. E così per un po' mi lasciarono in pace. Poi ci hanno riprovato anche altre volte, ma oramai avevo imparato. Era più facile raccontare dei miei genitori adottivi, che per me erano i miei genitori e basta. E basta!

I miei compagni erano molto curiosi. Anche gli adulti lo sono sempre. E per me non è mai stato un problema dire che sono una bambina adottata. Con le insegnanti, in quel modo, rimediavo sempre qualche coccola in più, e facevano meno storie se avevo scordato le matite, i quaderni e i compiti da fare a casa. I compagni poi stavano tutti attenti ad ascoltarmi. Ero proprio un tipo interessante.

Solo che qualche volta mi facevano arrabbiare. Una volta una compagna mi disse, vedendo mia mamma che veniva a riprendermi: «Allora quella non è la tua mamma vera!»

Si vede proprio che non aveva capito niente. Che fatica, certa gente è proprio stupida! Vorrei poterglielo spiegare, alla gente, che non esistono mamme vere e mamme false. Esistono le mamme e basta. Tutte le mamme sono vere. Dovrebbe essere facile da capire.

Della mia mamma russa so solo che era molto malata: e potrebbe essere anche vero. Infatti quando una mamma è malata non può occuparsi di una bambina piccola. E io ero la sua bambina. Mi voleva bene? Vorrei che mi avesse voluto bene e mi avesse lasciato solo perché era malata. Allora si spiegherebbe tutto.

E poi, che tipo era questa mamma russa? Come la mamma che ho adesso, oppure diversa?

Forse sì, diversa: i russi sono diversi. Molti sono biondi e con gli occhi chiari, come me. E che carattere aveva? Sempre allegra come la mamma che ho adesso, o diversa? Certo, se era malata, forse era un po' triste. E senza di me sarà stata triste?

E poi: aveva solo me o anche altri bambini? E io avevo fratelli russi come ne ho uno qui?

E lei mi pettinava, mi lavava i capelli, mi portava fuori?

Ho tante domande, e vorrei che qualcuno mi aiutasse a trovare le risposte.

Quando lo chiedo a mia mamma, lei dopo un po' perde la pazienza e mi dice: «Adesso basta, Daria. Andremo insieme in Russia in settembre e troveremo tutte le risposte.»

Mia mamma dice che forse la mia mamma russa, se era molto malata, potrebbe non esserci più. Insomma, potrebbe essere morta davvero. Dice anche che forse non riusciremo a trovarla mai, o perché è morta o perché è finita chissà dove. Lei lo fa per prepararmi a una delusione, dice.

Ma io spero proprio che non sia morta...

Certo, sarebbe stato tutto molto più semplice se fossi sempre stata in Italia, con i miei genitori e basta. Una storia più facile da raccontare.

Ma non era finita. Se un giorno sembrava aver capito, l'altro ricominciava. Cosa raccontarle per colmare tutti quei suoi vuoti? Quali notizie darle di sua madre e dei suoi primi anni di vita?

La sua storia era tutta racchiusa in una pagina, una sola, terribile, breve pagina. Troppo poco per costruirci sopra una storia, troppo doloroso per poterlo raccontare.

Ce l'avevano data a Vladimir, insieme alla sentenza di adozione. Parlava di una madre che era stata giudicata tenere "una condotta immorale", e che era "alcolizzata cronica". Dopo alcune ingiunzioni, che la invitavano a occuparsi con più cura della figlia, Dasha le era stata infine tolta ed era stata affidata a un istituto. La bambina, era scritto, era stata più volte vista "camminare per le strade, alla ricerca di cibo" e trovata in casa "sola, senza mobili né riscaldamento, cibo o vestiario".

Situazione spesso comune, e non solo in Russia, nei paesi dove sopravvivere è una scommessa quotidiana, ancora più difficile per i più deboli, donne e bambini. E quella era la storia di nostra figlia.

Avevo preferito dimenticare questa lettera, così come il suo contenuto. Troppo pesante.

Immaginavo una bambina vagare per le strade fredde di una grande città, ovviamente piene di neve, affamata, infreddolita, a mendicare da frettolosi passanti un po' di cibo o vestiti. Sola. E poi la vedevo in una casa squallida, una stanza vuota, senza legna nella stufa, senza cibo, solo tanto sporco e tanto freddo, forse senza neanche più la forza di gridare aiuto, o di piangere. Sola.

Quindi: perché mai tornare? E poi da dove partire, per organizzare un viaggio?

Avevo solo l'indirizzo dell'istituto di Vladimir e il nome di sua madre. Troppo poco, in un Paese così vasto, che io sentivo così ostile.

Che cosa avremmo trovato in quel viaggio?

Non certo sua madre, una donna alcolizzata cronica, dopo dieci anni, in Russia: difficile trovarla viva. Come avrei potuto preparare mia figlia al dolore di una ricerca vana?

E se invece fosse stata viva? Come prepararla al dolore di trovare una persona e una storia tanto dura che forse sarebbe stato meglio dimenticare?

Ma ecco, sembrava chiedermi mia figlia, un viaggio potrebbe servire. Ne ho bisogno, per poter ricordare, per poter capire. Ne ho bisogno per potermi ritrovare.

E io l'avevo capito.

E la mia mente aveva ripreso a elaborare, mentre il mio saggio io mi diceva: "Prendi tempo, prendi tempo…"

Così quando mi chiese: «E quando andiamo?» risposi, come avessi l'agenda sottomano: «Dopo le vacanze, a settembre, prima dell'inizio della scuola. Ti va bene?»

«Sì, a settembre.»

Avevo preso tempo.

"Perfetto, dai, ora organizziamo il viaggio!" lessi in quegli acquosi occhi grigi, che per fortuna non potevano leggere i miei, in quello specchio ancora appannato.

Tornare laggiù? Come farò? E a ritrovare che cosa? Con quanto dolore?

Quanto dolore potrà sopportare mia figlia? E quanto dolore potrò aiutarla a sopportare?

Ma quella era la sua storia, suo era il diritto di cercare e di trovare.

E io dovevo solo accompagnarla.

Avevo letto la testimonianza di un adottato: "Oggi ho trent'anni, i miei genitori adottivi sono morti. È giunto il momento di sapere chi sono."

Non volevo che a mia figlia succedesse la stessa cosa. Non volevo che partisse da sola, quando sarebbe stato troppo tardi per ricercare il suo passato. Non solo perché cose e persone potevano essere più difficili da ritrovare, con il passare del tempo. Ma perché sarebbe stato troppo tardi per lei, per ritrovare se stessa, e poter ricostruire così i pezzi della propria identità.

No, io l'avrei aiutata. Io, sua madre, la persona che meglio la poteva capire, che la doveva aiutare.

La ricerca e il viaggio sarebbero stati una cosa di

noi due sole, una cosa tra mamma e figlia, alla ricerca dell'altra mamma. Quella della sua nascita, quella che era venuta prima di me.

Sì, si trattava di una faccenda di mamme. Io e lei avevamo avuto in comune Daria, senz'altro, anche se lei aveva dimostrato di non saper prendersene cura.

Quante cose rimuginavo in quei giorni, quante paure: preferivo sorvolare, in attesa che la realtà mi mostrasse il suo vero senso.

Decidemmo che saremmo partite noi due sole, Andrej e papà ci avrebbero accompagnate all'aeroporto e augurato buon viaggio. Nient'altro. Non ne avevamo bisogno.

Ma come organizzare il viaggio? Avevo davanti a me troppe domande, e nessuno che mi aiutasse a trovare le risposte.

O forse sì, qualcuno c'era.

## New York, USA

*Un viaggio dentro di te*
*è il viaggio più lontano.*

Mia madre è partita ancora una volta per l'America. Dice che ci va per lavoro. Certo, è tutta felice quando parte. Meno male che ci telefona un giorno sì e uno no, perché mi manca tanto. Vorrei che non andasse mai via. Comunque c'è papà che cucina e mi porta in piscina. E c'è Andrej. Ma non mi fa le coccole come la mamma. Lui dice che sono grande per le coccole, ormai: ho tredici anni! Ma io alle coccole non rinuncerò mai nemmeno quando sarò grande.

In America la mamma ha tanti amici, e qualcuno lo conosco bene anch'io perché è venuto a trovarci in Italia. Per esempio Penny, che sarebbe Penelope.

Ha i capelli biondi tutti arruffati, la frangia come me, e somiglia a quell'attrice americana che ha fatto quel film... *Baby Boom*, in cui diventa madre adottiva di un neonato che qualcuno le lascia e poi scompare. Lei aveva un lavoro, era una persona molto impegnata, ma poi per quel bambino lascia il lavoro, la città, e si inventa una nuova vita in un piccolo paese, dove si mette a fare le marmellate e diventa famosa. Si trova pure un fidanzato, che diventerà il padre adottivo del bambino.

Anche Penny è una madre adottiva, di un ragazzo che ora ha la stessa età di Andrej, molto bello (ho visto la foto!), e ha anche una figlia nata da lei, più grande. Abita in una piccola città del Massachusetts ed è molto fiera perché lì è nata una famosa poetessa americana, Emily Dickinson, di cui sa tutte le poesie a memoria.

Le viene facile perché anche lei, Penny, scrive poesie, e le sue sono proprio belle. Una sera la mamma ha organizzato una festa, a Firenze, e lei ha letto alcune sue poesie. Roba da piangere, da come ti toccano il cuore, specie quelle che parlano di lei e della sua storia, perché anche lei è stata adottata. Come me, ma da genitori americani.

Ad esempio ce n'è una su Pinocchio, un personaggio che lei ama molto, perché si è sentita per tanto tempo come lui. Cioè, mi ha spiegato, proprio come un burattino di legno, prigioniera di tutti quei fili. Poi, quando ha trovato la sua mamma di pancia, è stato come se il sangue cominciasse a passare finalmente nelle sue braccia non più di legno: era diventata finalmente una bambina vera.

Questa è la poesia:

***Un altro Pinocchio***

*la ragazza era di legno*
*con tanti fili attaccati*
*era buona buona buona*
*ma questo era tutto*

*così la via per lei*
*per diventare vera*
*era andar fuori e trovare*
*la sua fata dai capelli turchini*

*in una donna piccola e rotonda*
*(i suoi occhi erano blu)*
*che le disse sapevo*
*che tu saresti venuta*

*proprio non potevo*
*vederti prima*
*perché non avrei potuto*
*tenerti*
*e la ragazza*

*in questo specchio*
*dagli occhi blu che la conteneva*
*e la conteneva*

*poté vedere e sentire*
*le sue dita*
*che staccavano*
*i fili*

Penny Callan Partridge
(Dalla raccolta *Pandora's Hope*, Amherst 1997)

Con mia madre scherzano sempre, ma lei sta anche molto insieme a me. Parla italiano: l'ha studiato a Firenze quando aveva diciotto anni, e lo parla ancora bene. Così è più facile capirsi (il mio inglese non è proprio perfetto).

Penny mi ha raccontato di quando è andata a cercare i suoi genitori. E li ha trovati, anche loro vivevano in America. Chissà come sarà stato quando ha ritrovato sua madre.

Un giorno gliel'ho chiesto, e lei mi ha raccontato tutta la storia. Mi ha detto che per lei è stato un giorno molto importante e bello. Ma per niente facile.

Dopo una lunga ricerca, che ha dovuto fare da

sola, a diciotto anni, perché i suoi genitori adottivi non l'hanno aiutata per niente, alla fine è riuscita a ottenere un numero di telefono: era quello della sua madre di nascita. Lei l'ha chiamata, e aveva tanta paura di non trovare più la persona che cercava, magari era morta, o peggio, non voleva saperne più niente di lei. E invece è stato un momento molto bello. Sua madre, che si chiama Caterina, era sorpresa ma anche felice, perché non si era dimenticata di sua figlia e desiderava da tanto tempo sapere se stava bene.

Dopo quella telefonata si sono messe d'accordo per vedersi. Penny avrebbe dovuto prendere l'aereo e fare un lungo viaggio per arrivare fino all'altra parte dell'America, dove viveva sua madre. Il tempo era bruttissimo, nevicava forte e l'aeroporto era bloccato. Ma Penny non aveva per niente paura, e non appena la neve cessò, partì, per farle una sorpresa. Era impaziente e non voleva aspettare ancora.

Quando si sono incontrate, Caterina le ha raccontato tutta la sua storia. Quando Penny era nata, lei era molto giovane e non aveva l'età giusta per occuparsi di lei, e nemmeno un marito o un lavoro stabile. Così aveva pensato che la decisione più giusta, per il bene di sua figlia, era di darla in adozione.

Penny ha poi conosciuto anche i suoi fratelli e altri cugini: una famiglia numerosa. Così adesso è come se ne avesse due. E mi ha raccontato che l'estate scorsa è andata a fare un viaggio in nave verso i Caraibi con questi fratelli, e si è divertita un sacco.

Certo, lei vuole molto bene ai suoi genitori, quelli adottivi, e non si è mai sognata di lasciarli. Però è stato importante anche conoscere la sua famiglia di nascita e passare un po' di tempo laggiù.

Dice che somiglia molto anche a suo padre, di cui è riuscita ad avere una foto: ha lo stesso naso. E che finalmente adesso, quando si guarda allo specchio, sa a chi somiglia. Ha anche un ritratto dei suoi genitori da giovani. Ed è importante per lei.

E io, a chi somiglio?

L'America è un grande Paese. Ero partita in maggio.

Sarei andata prima a Los Angeles, Palm Beach e tutti quei posti famosi sulla West Coast, e poi anche a New York. Mi avrebbe ospitato un'amica, una perfetta donna d'affari newyorkese, il che vuol dire: donna sempre di corsa, poca cucina e grande efficienza. Ci eravamo conosciute per via di un libro, un suo libro, che avevo comprato, attirata da una tenera copertina che spiccava tra le tante novità in una libreria del centro. L'avevo divorato in pochi giorni. Parlava di adozioni, ma in un modo diverso, dalla parte di una madre di nascita. Dalla sua parte. C'era infatti anche la sua storia, quella di un figlio avuto a diciotto anni e lasciato in adozione, per le pressioni dei genitori, che l'aveva cercata e ritrovata da adulto, con stupore e gioia di entrambi.

Una bella storia, che mi aveva spalancato un mondo di sentimenti e di curiosità. L'avevo cercata e invitata da me, in Italia. Era novembre, le feci conoscere le cose che amavo di più, alcuni preziosi amici, i miei figli, e la Firenze magica delle prime silenziose notti invernali.

Eravamo diventate amiche, o qualcosa di più: complici. Questa volta sarei andata io a trovare lei.

Il suo piccolo, confortevole appartamento nel centro di Manhattan è un vero tesoro, che divide generosamente con gli amici, e ne ha tanti, che si fermano a New York. Arrivai prima io, e mi aprì un gentile portiere. Sapeva alla perfezione chi ero, e di che cosa avevo bisogno: le chiavi per entrare? *No problem*.

Lei mi raggiunse trafelata dall'aeroporto, temeva di avermi perso. Io faccio sempre questa impressione, di essere un po' svagata, e in realtà lo sono davvero. Faccio confusione con i numeri, i nomi (li sbaglio sempre), e devo scrivermi tutto.

Ma a perdermi non ci riesco proprio. Lo devo al mio sesto senso, che funziona in automatico. E il mio destino è invece quello di essere circondata da persone ansiose, amici o familiari, le persone più care.

Per fortuna riesco a neutralizzarle, ho una specie di tecnica-cuscinetto. Forse è per via della lunga esperienza affinata negli anni con mia madre: una vita intera vissuta a parare i colpi di ansie improvvise, insensate, assolutamente sproporzionate e spesso devastanti. E lo stesso avevo dovuto sperimentare con Daria nei primi tempi. L'ansia è una malattia infettiva: si trasmette e si attacca agli altri che ti stanno vicino. Ma col tempo io avevo imparato a difendermi: tecnica-cuscinetto, e l'ansia si attutisce e poi si fa scivolar via. Mai assorbire o rispondere.

Non che io non abbia le mie ansie. Ad esempio, in viaggio ho quella dei soldi: ho sempre paura di perderli, o di non averne abbastanza. Ovviamente è per questo che ho sempre qualche problema, soprattutto con le carte di credito: sbaglio i numeri, o le perdo. Anche quella prima volta negli States ebbi i soliti problemi, poi risolti, e persi la carta di credito solo durante il viaggio di ritorno, all'aeroporto di Francoforte. Ma ormai ero a casa.

La mia amica era molto preoccupata che vagassi per New York da sola: temeva che mi perdessi, glielo leggevo in viso, e allora facevo la donna emancipata-efficiente-viaggiatrice. E ci riuscivo.

Il venerdì saremmo andate al mare: la mia amica possiede una bella casa in un'isoletta, un paradiso tra spiagge, alberi, cervi.

«Ti piacerà, vedrai. Ma prima di partire ti ho fissato quell'incontro con l'agenzia di adozioni. Mi hai detto che ti interessava.»

Già, l'incontro con un'agenzia di adozioni. Volevo vedere come lavoravano i miei colleghi americani. Ci sarei andata di mercoledì, lo stesso giorno in cui in questa agenzia avevano l'incontro del mese con le coppie e i single che volevano adottare, i *prospective parents*, come dicono loro.

L'edificio, una bianca palazzina dei primi del Novecento, ha molte stanze piene di foto di bambini. Una sinuosa scala di legno condusse me e la mia amica al primo piano, dove eravamo attese dai dirigenti per il colloquio. Chissà quanti genitori adottivi avevano salito quei gradini! In fondo dovevano aver provato gli stessi sentimenti che avevo provato io, all'inizio della strada dell'adozione: le stesse ansie, le tante domande e le lunghe attese.

L'incontro fu molto piacevole, e mi trovai a rispondere, io, alle loro domande sul nostro sistema. Mi invitarono a tornare più tardi, per l'incontro del pomeriggio.

In un lungo salone molta gente: quanta curiosità leggevo in quegli occhi. Si sarebbe trattato di un primo discorso generale sull'esperienza dell'adozione. Un'operatrice dell'agenzia avrebbe illustrato l'intero processo, e poi gli intervenuti sarebbero stati divisi in due gruppi: le coppie e i single.

Fu molto interessante, specie quando fecero entrare alcune coppie che già avevano adottato bambini e che parlarono della loro esperienza. Ricordo una coppia transrazziale: i bambini erano di origine cinese, come tanti adottati negli States.

Durante la pausa caffè notai su un tavolo alcuni album di fotografie, che ritraevano bambini adottati, le loro famiglie, gli istituti e le città di provenienza, le foto dei tanti viaggi, delle tante adozioni. Sulle copertine i nomi dei paesi: Corea, Cina, Russia. Erano lì a disposizione dei futuri clienti, a titolo informativo.

Interessante, pensai, c'è anche la Russia. Guardo con più attenzione e mi ritrovo tra le mani un album con la scritta Vladimir. Strano, è la prima volta che mi capita un'agenzia che lavora con gli istituti di Vladimir. Non ce n'è nessuna in Italia. Penso alla solita coincidenza (la mia vita è piena di coincidenze). Ne parlo con alcune operatrici: sapete, anche mia figlia adottiva viene da un istituto di Vladimir! Sorridono. Non so se hanno capito.

Non ci penso più, ma una volta tornata a casa lo racconto a mio marito. «Pensa che strano, ho visto un album pieno di foto di Vladimir: forse ci sarà stato anche l'istituto di Daria.»

Quell'immagine e quel ricordo mi tornano in mente quando, appena un mese dopo, sto organizzando il viaggio. E non riesco a trovare riferimenti per poter andare a Vladimir e rintracciare quell'istituto.

Allora scrivo alla mia amica di New York e le chiedo aiuto.

"Puoi sentire alla tua agenzia di adozioni? Loro hanno lavorato là, forse conoscono qualcuno che possa essermi utile."

Mi risponde il giorno dopo, con la solita efficienza newyorkese unita alla condivisione di ansie materne: una miscela esplosiva.

*"Here is some good information for you."*

Mi passa una mail dell'agenzia. Due nomi.

Provo con il primo: una certa Ekaterina. Nessuna risposta.

Provo con il secondo. Dopo due ore, potenza di Internet, risponde Jeanne, operatrice di una missione della chiesa battista che lavora da sette anni proprio a Vladimir per aiutare i bambini degli istituti più poveri. Gli operatori dell'agenzia la definiscono una persona *terrific*, formidabile. Sarà vero?

"*Help Dasha to come back to Russia*" le avevo scritto (con una rima involontaria).

"*Thanks for having contacted me. You may be confident, you have an advocate in Vladimir.*"

Lei, ringraziava me! E poi, sempre in inglese: "Di cosa hai bisogno?"

Piansi di commozione e di sollievo, come una stupida, lì, davanti al freddo schermo del computer. Non mi sentivo più sola. Potevo finalmente essere più fiduciosa: adesso avevo trovato la strada per tornare. Ora potevo davvero organizzare il viaggio.

Qualche volta per andare a est bisogna passare da ovest. Così per poter andare a Vladimir, in Russia, ero dovuta partire da New York, USA.

Sì, il nostro viaggio ora poteva prendere vita. Grazie, Lynn.

Ma occorreva occuparsi di tante cose, per prepararlo bene. Tempo ce n'era, e io e mia figlia avremmo fatto i preparativi, ciascuna per la propria parte. Che cosa portare, e che cosa invece lasciare a casa. Senz'altro nella valigia, oltre ai vestiti giusti (a settembre là poteva fare più freddo), anche i ricordi giusti, quelli che ci avrebbero aiutato a ricostruire il senso della nostra storia.

Era anche il momento per ricordare l'altro viaggio, quello che ognuna di noi due aveva vissuto in modo diverso. Il mio primo viaggio a Vladimir, in Russia, da turista, e poi il secondo, andata e ritorno. Il ritorno con lei.

Per Daria, il viaggio da Vladimir a Firenze, sola andata. Perché era quello il viaggio che avevamo in comune. Era da quel viaggio insieme che cominciava la nostra storia, quella che aveva un senso per me.

Certo non era stato lo stesso per lei. Solo una parte della sua storia era nel viaggio che avevamo percorso insieme. E il resto? E prima?

Sono molto felice. Ed eccitata. Abbiamo già preso i biglietti dell'aereo, e ho fatto il mio quasi-passaporto: una foto con i miei dati su quello della mamma. Anche lei è agitata, forse più del solito, anche se cerca di non darlo a vedere. È lì che gira per la casa, cercando le cose da portar via:

«E se farà freddo? E se pioverà? Tu cosa dici, Sergio, ci portiamo anche questo?»

E papà al solito che le dice: «Porta solo l'indispensabile!»

Ma la mamma non sa mai che cosa sia indispensabile per un viaggio, così che finisce sempre con il portare troppe cose, e la valigia è troppo pesante: «Chi mi aiuta a caricarla in macchina?»

Questa volta partiamo noi due sole, e non c'è nessuno che ci aiuti con i bagagli pesanti. Anch'io devo stare attenta a fare la mia valigia, e metterci le cose giuste.

Vorrei portare tutte le cose più belle che ho. Quelle che mi fanno più bella. E più grande. Senz'altro i jeans nuovi e la camicetta rosa con le perline al collo. E la maglia azzurra con il cappuccio. E poi le scarpe nere con il tacco, e quelle rosse lucide da ballerina, e quelle bianche con i lacci... ma la mamma già scuote il capo: «Tutta quella roba non c'entra, in valigia... e poi stiamo via pochi giorni... mica devi svuotare l'armadio!»

Ma come si fa a lasciare i pantaloni bianchi a zampa d'elefante, e i jeans (almeno tre paia) e la maglietta celeste, quella bianca e quella... e almeno due o tre borsette (ho una passione per le borse).

Forse ha ragione mamma... ma io voglio proprio portarmi tutte le cose più belle che ho, per essere più bella anch'io, così che quando tutti mi vedranno diranno: ma guarda questa qui, la Daria di Vladimir... sembra un'indossatrice!

Paure? Non è il momento delle paure. Dell'aereo non ho paura, della Russia forse un po'. Ma non voglio pensarci adesso: adesso devo cercare di chiudere questa valigiona e di non perdere la chiave. Ho fatto come la mamma: l'ho legata a una catenina che ho messo al collo, il sistema migliore, dice lei, per non perderle.

Papà ci ha preso in giro per un giorno intero.

# A VLADIMIR C'ERA UNA BAMBINA

## Mosca, U.R.S.S.

*In ogni notte c'è il cielo*
*e le stelle brillano*
*anche sotto le nuvole.*

Ogni storia di adozione sembra un po' una fiaba. C'è del dolore, ci sono prove da superare, ma poi viene il lieto fine. Così è stato anche per noi.

Tutto iniziò con il nostro viaggio in Russia, il primo di una lunga catena di eventi. Sergio e io eravamo sposati da due anni, e quella era la nostra prima vacanza all'estero. Scegliemmo come destinazione la Russia: era più adatta alle nostre finanze. Ma non era stata una scelta guidata dal caso, come allora invece ci apparve.

Ci eravamo iscritti a un viaggio organizzato, che comprendeva, oltre Mosca e San Pietroburgo, anche un giro delle antiche città dell'Anello d'oro, tra cui Vladimir, che alcuni anni dopo ci avrebbe dato una figlia.

Fin dall'arrivo in aeroporto ci colpì il volto militare del regime: c'erano poliziotti ovunque, modi bruschi, severe divise, e i controlli furono lunghi e snervanti. Ci avevano detto di denunciare tutto il denaro e i gioielli di cui eravamo in possesso. Dichiarai l'orologio e anche la fede, che è d'oro. Finalmente, sbrigate tutte le formalità, uscimmo e salimmo sul pullman messo a disposizione dall'agenzia, direzione centro.

Mosca allora era piena di bandiere rosse, che sventolavano nelle piazze principali e lungo le grandi arterie. Le gigantografie del regime sorvegliavano i moscoviti. Il traffico era quasi inesistente, pochissime e vecchie le automobili, molti invece gli automezzi militari e i camion che trasportavano merci. Qualche berlina nera si affiancava per brevi attimi al nostro pullman, ai semafori, per poi sfrecciare via. Nascosti dietro inaccessibili tendine scure, immaginavamo seduti i potenti burocrati di partito, gelosamente protetti.

I ritratti di Lenin, accanto a quello del segretario di partito in carica, erano ovunque, a dimostrazione della continuità tra passato e presente: stesse facce severe dalle sopracciglia imperiose, stesso sguardo lontano, proteso vero il futuro.

Un futuro promesso, ma miseramente fallito. Lo dimostravano le tante code di gente, la povertà delle strade, i negozi pieni di niente, cioè delle stesse cose che tutti avevano già. Ma si faceva lo stesso la fila, anche se non si sapeva per comprare cosa, in quei miseri negozi: poteva trattarsi di una merce che di lì a poco sarebbe divenuta introvabile. Per il sapone, o per le scarpe (molto care), o per la carta igienica (introvabile), o per le mele. Tutti si mettevano in fila e facevano la scorta. Molte merci erano razionate, come la carne, il pane, il latte, che si acquistavano con speciali tessere. Per il resto, tutti si arrangiavano come potevano, anche rifornendosi al mercato nero. Come da noi in tempo di guerra.

E a quel tempo sembrava di tornare, anni '40, un tuffo nel passato, guardando le strade e le case, dove sapevamo che la gente viveva in uno spazio ristrettissimo. Una stanza per famiglia, servizi in comune ai piani.

Ma era una conquista, ci spiegava la guida, rispetto al passato, quando tanta gente non aveva affatto una casa dove abitare. Oggi forse lo spazio era poco, ma tutti avevano diritto a una casa. Ci pensava lo Stato, così come si preoccupava del lavoro, dell'assistenza sanitaria, della scuola, e di tante altre cose. Ma quello che raccontava era tutto il contrario di ciò che vedevamo con i nostri occhi dai finestrini del pullman.

Nessuno sorrideva, tutto era rassegnazione o rabbia repressa dentro la routine di una difficile vita quotidiana. Solo negli alberghi, nei nostri alberghi, trovavi gente allegra, gli arricchiti dal regime, sempre pieni di vodka e donne.

La rabbia della povera gente a volte esplodeva, liberata dall'alcol, ma non c'era un nemico visibile contro cui combattere. Così tutto finiva in una desolata, solitaria ubriachezza, prontamente repressa da un'efficiente polizia. Arrivava una camionetta, inghiottiva il povero ubriaco, e tutto tornava tranquillo e perfetto come prima.

Questo succedeva di frequente sotto quegli alti e nuovi palazzi, tutti uguali, che formavano i quartieri della periferia della città. Una schiera di casermoni senza identità, con spiazzi aperti destinati a giardini, trasformati dalle stagioni in spiazzi polverosi. E all'interno del grande quadrato costituito dagli alti palazzi, s'intravvedeva un edificio più basso: «Sono gli istituti per i bambini» ci spiegò la guida.

«Orfanotrofi?»

«Non proprio. Ci sono anche bambini che hanno una famiglia. Magari tutti e due i genitori lavorano, o si tratta di bambini con problemi di salute. Così lo Stato si occupa di loro. Certo, la maggior parte sono bambini soli, in attesa di una famiglia. Ma anche a loro pensa lo Stato.»

Come se fosse la stessa cosa! Sergio mi strinse la mano.

Il viaggio verso Vladimir fu abbastanza lungo. La strada attraversava praterie sconfinate e boschi di betulle, che svettavano alte verso il cielo e i cui tronchi erano d'argento sotto i raggi del sole. Non c'erano villaggi lungo la strada, ma ogni tanto alcuni gruppi radi di case di legno colorate di verde, o di bianco, o di rosso: sembravano quasi le case delle fiabe, le isbe.

I soliti grandi camion ci accompagnavano lungo il tragitto, e anche qualche pullman, che avanzava lento come il nostro.

Arrivammo a Vladimir nelle prime ore del pomeriggio. Ci accolsero con una piccola cerimonia. Alcune ragazze in costume tradizionale uscirono sulla porta dell'albergo a offrirci pane e sale, secondo un'antica usanza. Presi anch'io un piccolo pezzo di pane: ero il viandante venuto in visita, ero io il sacro ospite da venerare.

I costumi delle ragazze erano rossi e finemente ricamati con colori brillanti. Avevano un copricapo che lasciava liberi i capelli, quasi una corona. Tutti scattammo foto. Chissà se facevano davvero così al tempo degli zar per salutare i viandanti.

So tutto di Vladimir, ho fatto una ricerca, mi servirà per il viaggio: "Vladimir prende il nome dal principe che la fondò, e fu intorno al Mille il centro dell'alleanza tra le maggiori regioni del Paese, dopo la sconfitta degli invasori tatari, avvenuta in una famosa e sanguinosa battaglia. Dopo la vittoria le truppe del leggendario Aleksandr Nevskij fecero il loro ingresso in città, traversando l'arco di trionfo dal tetto d'oro." Oltre che per la Porta d'oro, la città è famosa per le sue antichissime cattedrali dove "per cinque secoli furono incoronati i grandi principi russi".

Nella più famosa si venerava la Vergine di Vladimir, l'icona bizantina più antica della Russia, oggi in un museo di Mosca.

È un'icona leggendaria che ha protetto il Paese e i suoi zar per tanti secoli. Ed è proprio quella che abbiamo a casa nostra, alla Rocca (una copia, certo).

La mamma l'ha comprata in un suo viaggio, qualche anno fa, senza sapere che era proprio la mia Madonna. Era in visita a un monastero, e quei frati le mostrarono come si fanno le icone. Ce n'erano di bellissime. Ma lei fu attratta da questa dolce Madonna che teneva in braccio il suo bambino. Fu solo a casa, una volta scartato il pacco, che scoprimmo che si trattava di una copia della famosa Madonna di Vladimir.

Su un grande sfondo dorato è disegnata la Madonna, con una ricca veste rossa tutta rifinita d'oro: tiene in braccio delicatamente il Bambino, avvolto in panni celesti. I loro visi si toccano, e il Bambino le accarezza una guancia, mentre lei gli sfiora i capelli. Un'immagine così dolce che ti commuove.

L'abbiamo messa in piena luce, di fronte all'ingresso, così è la prima cosa che si vede, entrando. Al posto d'onore.

Adesso, in Russia, vedrò l'originale.

Sai, Daria, la prima volta che entrammo nella tua cattedrale, seguendo la nostra guida, all'interno c'erano alcune donne anziane, e stava iniziando una funzione. I pope dalle barbe lunghe e scure come le loro tonache intonarono un canto. Le loro voci risuonavano nelle alte volte della cattedrale, interamente affrescate.

«Ammirate il Giudizio Universale, opera del grande Rublev...»

Ma era impossibile ascoltare la guida: il canto ti prendeva, e ti riportava indietro nel tempo, quando queste chiese erano mete di pellegrinaggio, e ricche per il rispetto e la devozione del popolo e dei suoi sovrani.

Ci facemmo il segno della croce, io pregai, comprai una di quelle sottili candeline che si accendono davanti alle icone: Vergine Maria, proteggici durante il viaggio.

Chiesi anche un'altra cosa, un desiderio profondo: avere un figlio. Avere te.

La fiammella accesa risplendeva appena. Una piccola luce, come una piccola speranza.

Della Russia ho una videocassetta, una cosa fatta per i turisti, con tutti i posti da vedere. Ad esempio c'è la città di Mosca con il Cremlino, la Piazza Rossa... Anch'io ho delle foto scattate laggiù, con me piccola nel mezzo: è una piazza grandissima.

Poi mi piace tanto un film, *Il dottor Zivago*, che si svolge proprio in Russia. Molto famoso. È la storia d'amore (a me piacciono le storie d'amore) di un poeta che fa il medico ed è costretto invece a fare la guerra. Così lascia la famiglia e perde anche la donna di cui è tanto innamorato, una bellissima donna dai capelli biondi e gli occhi azzurri. C'è una scena all'inizio del film in cui si vede un funerale, e un bambino che rimane solo, con un tipo di chitarra che si usa molto in Russia, la balalaika. Tutto intorno la neve. È una scena molto triste. Io quella la vorrei saltare per andare avanti, dove c'è la storia d'amore tra lui e lei, insieme su quella bella slitta trainata dai cavalli che corre nella neve... e quei raggi di sole tra gli alberi...

Lo immagino così, il mio Paese, con gli alberi alti, e i villaggi piccoli e lontani. E d'inverno c'è la neve, e i lupi nella foresta, che ululano lontano. E fa molto freddo.

Come quello che doveva sentire il povero bambino solo con la sua chitarra. Ma lui la sapeva suonare bene ed era lei la sua compagnia.

## Firenze, Italia

Al ritorno dal nostro viaggio in Russia mio padre, nonno Paolo, andò in pensione. Gli fecero un discorsetto, gli regalarono un bell'orologio e lo mandarono a casa con una discreta liquidazione. Finalmente si sarebbe riposato, non avrebbe più avuto a che fare con gli acidi della tintoria e con tutte quelle ore in fabbrica.

Mamma era molto felice, ma anche preoccupata: che cosa avrebbe fatto tutto il giorno? Bisognava trovargli qualcosa da fare, prima che s'impigrisse. Certo, un nipotino ci sarebbe stato bene, adesso avevano tutto il tempo disponibile per aiutarmi a tirarlo su.

Ma per il momento a noi di figli non ne venivano.

Io avevo subito un intervento abbastanza doloroso. Ma c'era ancora speranza. Quella volta in clinica venne a trovarmi mia nonna Teresa. Fu l'unica persona con la quale riuscii a piangere, sarebbe stato impossibile con mia madre: «Qui tutte vengono per fare bambini» le dissi.

«Ce la farai anche tu!» mi sussurrò tra le lacrime.

Venne il momento di fare altri accertamenti, per tutti e due. Ci dissero che una gravidanza era altamente improbabile.

Una mia amica aveva adottato da poco una bambina che si trovava nell'Istituto degli Innocenti di Firenze. Andai a trovarla. Sembrava una cosa possibile, e non troppo difficile da realizzare. E lei era davvero molto felice.

Così iniziammo le pratiche, i colloqui con l'assistente sociale e quelli con la psicologa. L'assistente sociale cambiò più volte durante il percorso, e tutte le volte bisognava ricominciare da capo: raccontare chi eravamo, la nostra storia di coppia, il rapporto con i nostri genitori, il nostro lavoro, le passioni, e chi di noi due per primo aveva deciso per l'adozione e perché avevamo deciso di adottare... Quante domande!

E com'era strano dover raccontare tutte le nostre cose più intime a un estraneo, anzi, a diversi estranei, solo perché volevamo avere un bambino. Ti viene sempre da pensare agli altri, quelli ai quali viene facile fare un bambino, quelli che non devono raccontarsi a nessuno.

Certo, ci voleva pazienza, l'adozione era un progetto impegnativo, e le cose andavano per le lunghe. Ma noi non eravamo così ansiosi. Eravamo ancora giovani, potevamo aspettare.

L'assistente sociale ci chiese di indicare l'età del bambino che saremmo stati disposti ad adottare. Piccolo, era la risposta che ci veniva spontanea, ma io aggiunsi: «Fino a otto anni va bene.» Pensavo a un bambino o una bambina con cui poter parlare, che avesse bisogno del mio aiuto, da subito. Una bambina proprio come te.

Probabilmente demmo risposte soddisfacenti, poiché alla fine fummo dichiarati "idonei all'adozione". Senza alcun merito, perché dell'adozione sapevamo così poco, allora.

Venne quindi il momento di scegliere l'associazione a cui affidarci per l'adozione internazionale. C'erano tante possibilità, tanti paesi. Ma pochi erano quelli con cui era davvero possibile aprire un contatto. Il compito era mio: ogni giorno facevo una telefonata, o fissavo un appuntamento con una coppia che aveva già adottato uno o più bambini.

Quegli incontri furono la cosa più bella: conobbi mamme splendide, felici di potermi trasmettere le loro sensazioni e tutte le informazioni pratiche di cui avevo bisogno. Una vera, formidabile catena della solidarietà.

Così, mi ritrovai in breve tempo piena di indirizzi e numeri di telefono: esplorai tutto il mondo. Iniziai regolari contatti telefonici con il Brasile, l'India e la Romania, tutti i paesi dove fosse possibile adottare.

A volte ci prendeva lo sconforto: era quando sembrava di aver raggiunto la meta e invece una legge in quelle maledette nazioni cambiava, e quel Paese che sembrava un vero serbatoio di bambini da adottare chiudeva le porte. Fu così per la Romania, l'India e poi per il Brasile. Che cosa fare?

Iniziarono allora giorni difficili, lunghi, di attese e di risposte sconfortanti. Finché non ci parlarono di un avvocato siciliano, e della Russia.

Cosa si fa quando si vive in un istituto?

«Si aspetta. Si aspetta che qualcuno venga e ti porti via» mi ha detto mio fratello. Lui c'è stato nove anni, lì da solo ad aspettare. Io sono stata più fortunata.

Lui lì andava anche a scuola, infatti sapeva scrivere e studiava la storia e la geografia. Ma qui non gli è servito a niente, perché il russo si scrive con delle lettere tutte diverse, si chiama cirillico, e così pure la storia e la geografia sono diverse. In Italia si studia la storia dei Romani e la geografia dell'Italia. Per far vedere in classe dove ero nata ho dovuto mostrarlo sulla grande cartina appesa sulla parete. Perché sul libro di geografia proprio non c'era.

Di quei giorni in istituto invece mio fratello ricorda molte cose. Lui era più grande, e c'è rimasto molto di più di me. Si può dire che ci è cresciuto, dentro l'istituto. E mi ha detto che ne ha cambiati tre, perché ci sono istituti per i bambini più piccoli e per quelli più grandi. Certo non dev'essere stato bello... tre traslochi.

Lì aveva molti amici, e di qualcuno si ricorda ancora. Una volta mi ha raccontato che d'estate, quando stavano in una casa nel bosco, entravano tantissime cavallette. Ma loro non s'impaurivano come facevo io in campagna quando me ne entrava una in camera. Invece giocavano ad acchiapparle.

D'inverno dice che sciava sulla neve. Ma io so che fa confusione. Anche lui ha imparato a sciare come me in montagna, qui, con i nostri genitori, e si capiva che prima non era capace.

Nell'istituto non si fanno tante cose. C'è una palestra, una stanza dove si studia o si gioca, quella dove si dorme tutti insieme, e una più grande dove si mangia tutti insieme. Ma non si esce mai. Solo quando ti vengono a prendere.

Per questo qualche volta non ce la fanno più i bambini che sono lì dentro, ad aspettare.

## Siracusa, Italia

L'avvocato abitava a Siracusa e lavorava in Russia e in Romania. Sembrava una persona molto affidabile, era a capo di una piccola associazione. Anzi, era lui l'associazione.

Fissammo un appuntamento all'aeroporto di Linate, nella saletta Vip.

Era una persona molto gioviale e sorridente. Si vedeva che il lavoro che faceva gli dava gioia. Ci presentò una coppia di Varese che stava per partire. Un altro signore aveva in corso una pratica per Mosca. Altri, come noi, erano venuti solo per incontrarlo e per avere le prime informazioni.

Eravamo uno strano gruppo di persone, lì, a riempire quella saletta riservata agli uomini d'affari. Uno strano business, il nostro.

L'avvocato si destreggiava come un giocoliere tra tutta quella gente, fogli e pratiche, prendeva dalla valigetta un plico, ne infilava dentro un altro, passaporti, pratiche, traduzioni per il consolato, visti... sembrava un po' pasticcione, ogni tanto pareva si confondesse. Il signore di Varese mi rassicurò: «Sembra un po' matto, ma poi invece tutto fila via liscio. L'importante è fare come dice lui.»

Già, perché capimmo subito che non era uno scherzo, l'adozione internazionale. In Russia volevano un sacco di documenti, ma non disprezzavano regali e attenzioni.

«Però niente soldi!» raccomandava l'avvocato. «Se no diventano corrotti, e finisce che un'adozione viene a costare troppo. Quando partiremo, lo faremo in gruppo, così potremo dividerci alcune spese, l'autista, il pulmino... allora, viene anche lei nel prossimo viaggio?»

«Certo!» gli rispose il signore di Varese. Una fitta d'invidia.

Sergio si informò su quanto ci sarebbe costato. Molto meno di quanto ci aspettavamo. L'avvocato era una persona onesta, davvero.

«Vedrete, non vi prometto niente, perché non è facile trovare l'abbinamento giusto. Ma di bambini in quegli istituti ce ne sono tanti. Aspettano solo che qualcuno vada a prenderli. Sono i russi che complicano le cose, ma io là ho i miei collaboratori, gente fidata ed efficiente.»

Così iniziammo a sperare anche noi. E ricominciarono le attese. Noi eravamo solo un cognome in una lista d'attesa. Una lunga lista d'attesa.

Tutte le mattine, prima di andare in ufficio telefonavo all'avvocato per ricordargli di noi. Alle sette era il momento migliore; dopo, la linea era sempre occupata. E lui usciva per sbrigare le sue molte pratiche.

Ma quanti eravamo? Sembrava che il mondo fosse fatto di coppie che aspiravano all'adozione, e molte nelle mani del nostro avvocato. Noi eravamo in quel mucchio.

Poi andavo in ufficio. Ero molto nervosa in quel periodo. Come se fossi incinta, ma la mia fosse una gravidanza a rischio. Tutti i miei colleghi sapevano che cosa mi stava accadendo, ma non mi chiedevano molto. Sarei stata io la prima a dare la notizia del lieto evento, se mai ce ne fosse stato uno.

Finalmente ci giunse una telefonata:

«Se volete, potete venire con me nel prossimo viaggio che farò in Russia.» Accompagnava alcune coppie a prendere i loro bambini. Se volevamo, potevamo unirci a lui. Forse c'era una possibilità anche per noi.

Acciuffammo al volo l'occasione: quell'anno le nostre ferie le avremmo passate con l'avvocato.

Non ci facevamo troppe illusioni. Se non altro,

avremmo capito meglio come lavorava, e soprattutto com'era la realtà russa. Era importante accertarsi che i bambini da adottare fossero davvero soli e abbandonati. Che non ci fosse corruzione.

Avevo sentito tante brutte storie, e non volevamo approfittare dell'incapacità o della povertà di una mamma per portarle via il suo bambino.

Della storia della mia adozione, la parte che preferisco è quella del loro viaggio in Russia, quando hanno visto me e mio fratello per la prima volta. Me la faccio raccontare spesso.

Certo, loro che desideravano tanto avere un bambino, si dettero tanto da fare che poi i bambini diventarono due.

Qualche volta erano tristi e disperati, tutto sembrava difficile.

Ma non erano soli. Hanno conosciuto anche tante persone alla ricerca di un figlio come loro. Per esempio Silvano, che poi è diventato il papà della mia compagna Valja. Con lui il mio papà è andato a cercarmi a Vladimir. Una bella storia, che mi piace sempre riascoltare.

Così come tutta la storia di quel viaggio importante, perché fu la prima volta che vidi papà. E da quel giorno sarebbe cominciata la mia nuova vita, anche se io non lo sapevo ancora. E nemmeno me ne rendevo conto: ero così piccola!

Se ci penso, loro qua, senza di me, e io là, senza di loro... Dovrebbe essere più facile trovarsi.

## Mosca, Russia

Silvano era un cuoco, gestiva un ristorante ad Acireale. Proprio sul mare. Un tipo cordiale e dolce, come sanno esserlo solo gli uomini siciliani.

«Se venite a trovarmi, vi cucino degli spaghetti come non li avete mai mangiati, con i frutti di mare. Il pesce è sempre fresco, dalle mie parti.»

Era solo; la moglie era rimasta a occuparsi del locale. Oltre a lui e a noi, del gruppo faceva parte anche una coppia di Milano. Lui faceva il giornalista. Tre coppie in avanscoperta. Poi c'erano quelle che andavano a prendere e portarsi via l'oggetto dei loro desideri: i figli tanto sognati. Due provenivano dalla Sicilia, una da Roma.

Persone molto diverse. Ma una cosa le accomunava tutte: erano finalmente giunte alla meta. Quanta emozione! Era tutto ancora così lontano per noi.

Facemmo tutto il viaggio insieme, fin dall'aeroporto di Fiumicino, destinazione Mosca. Una strana comitiva davvero. Durante il viaggio ognuno raccontava di sé, delle proprie fallite maternità e paternità, delle delusioni, delle speranze, come se ci fossimo sempre conosciuti.

Era il 1993. Quanti cambiamenti. Quasi non riconoscemmo Mosca.

Tutte le bandiere erano sparite, come le gigantografie del regime. Ma soprattutto erano spariti gli sguardi tristi, e sulle facce della gente era spuntato il sorriso. Incredibile: i moscoviti sorridevano. Ancora tante cose mancavano, anzi qualcuna più di prima, come il lavoro assicurato o l'assistenza sanitaria. Tutto era a pagamento, e il rublo era in preda a un'inflazione preoccupante. Ma sembrava che tutti si preoccupassero solo di assaporare finalmente quella cosa nuova, di un sapore inconsueto, mai assaggiato prima: si chiamava libertà.

Era bello camminare nelle strade finalmente piene di gente, tra negozi nuovi finalmente pieni di merce, e bancarelle dove si vendeva di tutto: frutta, salame, pane, vestiti, pezzi di ricambio per automobili... Bastava una grossa scatola di cartone per dare inizio alla vendita. L'uscita della metropolitana era il luogo preferito per quel tipo di commercio, come l'ingresso dei grandi magazzini.

E, cosa incredibile, vedevi i primi rifiuti per le

strade: i cestini erano pieni di cartacce in un Paese dove prima non c'era niente da buttare, nemmeno la carte delle caramelle. E chi le comprava, le caramelle? Ora invece le bucce di banane, di cui i russi sono golosi (come Andrej), erano sparse ovunque.

C'erano anche tanti barboni. La mattina erano riversi sulle strade, dopo una notte da ubriachi. Nessuno si occupava di loro. Anche i passanti sembravano non vederli.

Le chiese ortodosse riaprivano, anche se restavano vuote. La gente preferiva affollare le sale dei locali da gioco riservate ai nuovi ricchi. Tutto stava cambiando, anche i nomi delle strade non erano più gli stessi, come i nomi delle città: cancellavano quelli del comunismo per ripristinare quelli del tempo degli zar. I monumenti a Lenin non c'erano più, qualcuno era in pezzi, per terra. Ne restava in piedi solo uno, a presidiare la stazione ferroviaria centrale.

Ma tutto questo era solo la cornice del quadro, per noi. Eravamo lì per un'adozione, era questo che c'interessava. Non eravamo venuti per turismo, questa volta.

L'albergo era il Kosmos, l'enorme e chiassoso albergo di fronte a quello che un tempo era il Museo delle realizzazioni sovietiche, con l'ardito monumento agli astronauti russi.

Ci eravamo stati anche l'altra volta, nel nostro viaggio da turisti. Una prima coincidenza.

Il resto della comitiva non era mai stato in Russia. C'era chi si era portato gli spaghetti dall'Italia, e il gruppo che veniva dalla Sicilia pure il formaggio, l'olio, il salame, e perfino l'acqua minerale: giravano strane voci, era meglio essere prudenti. Anche per lavarsi i denti, dicevano, meglio non fidarsi dell'acqua dei rubinetti.

La sera, in camera dai siciliani, ci fu una lauta cena innaffiata, oltre che dall'acqua minerale, da buon vino portato da casa in quelle capienti e preziose valigie, "alla faccia della dogana comunista". Ovviamente l'avvocato fu l'ospite d'onore e tenne allegra la compagnia raccontando le sue barzellette.

La signora Livia da Roma aveva portato perfino la marmellata fatta con le sue mani, per la prima colazione della sua bambina russa, che sarebbe andata a prendere il mattino dopo.

Che emozione. Quel mattino venne a prenderci un pulmino. Alcuni di noi sarebbero andati all'istituto numero 72 di Mosca (ma quanti ce n'erano?). Un gruppo più piccolo sarebbe stato accompagnato da Alexandra, la giovane collaboratrice dell'avvocato, in una città non molto lontana, per visitare un centro adozioni che si apriva per la prima volta all'Italia.

Io rimasi a Mosca, Sergio partì con Silvano e il giornalista alla volta di Vladimir. Quel nome ci suonava familiare. Già, ci eravamo già stati. Quante coincidenze.

Il loro viaggio sarebbe stato lungo, ma contavano di tornare entro sera. Ci saremmo rivisti molto più tardi, in albergo.

È bello poter pensare che era destino che ci incontrassimo, così come era destino che i miei genitori andassero quella prima volta a Vladimir (me lo raccontano sempre) per poi tornarci tanti anni dopo proprio e solo per me.

Infatti sono stata io a scegliere i miei genitori, quelli italiani. Li ho chiamati forte, da lontano, perché volevo venire via. E sono sicura che mi hanno sentito, perché sono venuti a prendermi.

Quando i miei vennero in Russia, io ero in quell'istituto di Vladimir. Non ero proprio sola, perché c'era mamma Luda, come la chiamavo io. Ma non era la mia mamma, adesso lo so. Era una persona che mi voleva bene e si prendeva cura di me. Forse me la ricordo ancora, se chiudo bene gli occhi.

Sento anche qualche odore, dalla cucina, o forse lo confondo... minestra di verdura. In Russia è uno dei piatti che si cucinano più spesso.

Mi piace molto la minestra di verdura, anche adesso. Più della pastasciutta, di cui invece va matto mio fratello. Se non c'è la pastasciutta a tavola, lui diventa triste, ed è come se non fosse un vero pranzo.

La mamma mi ha detto che quando vennero a cercarmi non fu così facile, dovettero aspettare tanto tempo e fu papà a vedermi per primo. A me piacque subito e mi sedetti sulle sue ginocchia: aveva una buffa cravatta con degli orsetti rossi. Ce l'ha ancora, qualche volta la mette e poi ridiamo.

Di quell'incontro ricordo qualcosa, anche se ero molto piccola, come una risata che aveva paura di venir fuori.

Di solito non si sceglie il bambino da adottare, e purtroppo di solito nessun bambino sceglie i propri genitori adottivi. Come forse sarebbe più giusto. Ma a noi è andata in modo diverso. Il caso, o la provvidenza, come preferisco pensare, hanno voluto che sia io che Sergio potessimo vedere quelli che sarebbero stati i nostri figli, e che fossero loro i protagonisti della loro storia. Sì, perché sono stati loro a sceglierci. Ne sono certa.

La visita all'istituto di Mosca doveva riservarmi infinite emozioni. La prima era di riflesso: quella delle coppie che avrebbero incontrato i loro futuri bambini.

Si trattava del primo incontro; sarebbero seguiti alcuni giorni insieme, fino alla conclusione delle pratiche. Se tutto andava bene, saremmo rientrati in Italia di lì a quindici giorni, con qualche passeggero prezioso in più: i figli.

Col solito ritardo arrivò il nostro pulmino. Ormai l'avevamo imparato: quando i russi dicevano alle 8 e 30 voleva dire almeno alle 9 e 30. Che cosa era un'ora, per loro? Ma il gruppo era molto agitato e ansioso, e i minuti di quell'attesa sembravano ore. Salimmo trafelati, quasi potessimo perdere quel passaggio, pigiandoci dentro. Molte chiacchiere, per vincere le emozioni e le ansie. Attraversammo la città, il suo grande fiume, e finalmente in periferia giungemmo in vista dell'istituto.

L'edificio era molto grande e abbastanza moderno. Fuori, nel cortile, intravvedemmo un gruppo di ragazze che giocavano a pallacanestro. Erano abbastanza grandi, forse di quattordici anni, e alcune di loro erano davvero belle. Sembrava di entrare in una specie di collegio: c'era il sole, eravamo in una zona verde, la città sembrava un ricordo lontano.

La signora Livia era emozionata, ma forse più di lei il marito, che non aveva aperto bocca per l'intero viaggio.

Finalmente entrammo. Il direttore venne incontro all'avvocato, l'interprete tradusse i soliti saluti. Poi passammo al motivo della visita: potevamo entrare in un salotto e aspettare? Avrebbero portato subito Helena.

Io volevo uscire, mi sentivo un'intrusa. La signora insistette perché restassi, forse la mia presenza serviva a darle un po' più di coraggio.

La bambina entrò, accompagnata da un'istitutrice. Camminò verso quella che le avevano detto sarebbe stata la sua mamma, in silenzio, turbata. La sua mamma, quella sconosciuta.

Chissà cosa provava davvero. Appariva tranquilla, come se quella fosse per lei la cosa più normale del mondo. Ma i suoi occhi grigi tradivano una contenuta emozione.

Pochi istanti dopo le era già sulle ginocchia, mentre Livia le parlava con dolcezza e l'abbracciava. Il padre era in disparte, impacciato.

L'avvocato discuteva con il direttore i particolari della pratica, e ogni tanto scoccava un'occhiata alle due, per vedere se tutto andava bene. A un tratto la bambina si alzò e prese la signora-mamma Livia per mano:

«Vuole farle vedere la sua camera» spiegò l'istitutrice.

La signora la seguì, portando con sé un pacchetto: conteneva alcuni vestiti nuovi per la sua bambina. L'avrebbe cambiata e aiutata a vestirsi, secondo l'uso non scritto di ogni adozione.

Eravamo tutti molto commossi, tranne l'avvocato: per lui quella era assoluta routine, anzi, stava già trattando per le prossime adozioni. Il direttore gli raccontava di due bambini per i quali era scattata la sentenza di adottabilità. Erano più grandicelli, nove e dieci anni. Se potevano interessargli, li avrebbe fatti entrare. L'avvocato fece cenno di sì.

Io e la signora di Milano eravamo lì, agitate, come se tutto fosse successo a noi. L'avvocato si avvicinò:

«Adesso fanno entrare alcuni ragazzi da adottare. Poi avremo finito e ce ne potremo andare.»

Così qualcuno accompagnò quei due ragazzini. Si chiamavano Nikolaj e Andrej. Il primo era molto alto, capelli lisci, castani come gli occhi grandi da cerbiatto, sguardo dolce e profondo. L'altro più basso, capelli rossi, corti, occhi verdi, naso a patata, una camicia a scacchi su un paio di pantaloni troppo larghi, tenuti su con lo spago.

Non resistetti. Avevo nella borsa un pacchetto di caramelle. Mi avvicinai e le offrii a tutti e due. Andrej fu più svelto, e se ne riempì le grandi tasche: nessuno gliele avrebbe rubate! Mi sorrise, con una dolce, disarmante complicità: ci eravamo ritrovati.

Restammo un po' insieme, senza dirci niente, scambiandoci solo sguardi e quel poco di russo che avevo imparato per l'occasione. Aveva una vocina squillante.

Il tempo era scaduto, i ragazzi furono fatti uscire. L'avvocato parlò ancora un po' con il direttore. Livia rientrò con Helena: aveva il vestito nuovo, era bellissima. Teneva stretta la mano di quella nuova mamma, e una luce intensa le accendeva gli occhi, un riso nervoso sulle labbra. La visita era finita.

Risalimmo sul nostro pulmino, con una passeggera in più. Durante il viaggio il marito di Livia iniziò a sciogliersi un po'. Riuscì a cingere con il braccio la vita della bambina, piano, per non spaventarla.

Appena rientrati in albergo, non persi tempo e

chiesi all'avvocato notizie del bambino dai capelli rossi.

«Sì, Andrej... è adottabile. Ha nove anni, li ha passati sempre in istituto. Le interessa? Ma no, è troppo grande! Per lui stavo pensando a una coppia di Napoli, sarebbero contenti di adottarlo, loro sono più anziani, hanno l'età giusta.»

Età giusta? Che cosa voleva dire? Ero io la persona giusta per lui, Andrej, e lui era d'accordo. Lo sentivo. Io avrei adottato quel bambino.

Si vedeva che era vivace, un furbetto dai capelli rossi. Una coppia anziana non ce l'avrebbe certo fatta, con lui. Io ero adatta. E poi lui aveva scelto me, ne ero sicura.

L'avvocato stava per cedere.

«Ne riparliamo domattina, quando avrà parlato con suo marito.»

Già, mio marito. Chissà a che ora sarebbe tornato. Quante cose da raccontargli!

Sergio rientrò tardi, ma io ero ancora sveglia. E chi poteva dormire, con tutti quei pensieri che mi ronzavano per la mente? Pensavo a lui, e mi chiedevo come fosse andata la sua visita a Vladimir.

«Il viaggio è stato meno lungo dell'altra volta. Te la ricordi, Vladimir? Siamo stati al centro per le adozioni, e poi a vedere un istituto, proprio nel cuore della città. Siamo passati sotto quella cattedrale bianca. Te la ricordi?»

«Certo che me la ricordo! Ma l'istituto com'era?»

«Eravamo i primi a entrarci. Hanno aperto alle adozioni da poco. La rappresentante dell'associazione ha mostrato di nuovo le sue credenziali. Poi la direttrice le ha mostrato alcuni fascicoli. Poi hanno fatto entrare alcune bambine.»

Bambine?

«Una mi si è seduta sulle ginocchia. Mi guardava la cravatta e rideva. Sai quella cravatta rossa che mi hai regalato, con tutti gli orsetti? Ha continuato a ridere e chiacchierare per tutto il tempo che siamo rimasti lì, sempre sulle mie ginocchia. Più tardi ho parlato con Alexandra e con la direttrice: si chiama Daria, ha cinque anni, è molto vivace. È lì da appena un anno, prima viveva con la famiglia. Non so altro. Sì, certo, è adottabile.»

Mi raccontò anche di Silvano, e di una bambina che lo aveva scelto, nell'istituto dove erano stati. Si chiamava Valja, aveva sei anni, e stava con Daria. Ma era più svelta di lei, e sembrava più grande, mi aveva raccontato Sergio.

Lei si era aggrappata a Silvano appena l'aveva visto. Gli aveva detto: «Portami via.»

Ma la direttrice dell'istituto non ne voleva sapere: «Non è adatta per lei. È una bambina cattiva, bugiarda, vi farà penare. Ci sono altri bambini che possono essere adottati.»

Ma lui non voleva desistere.

Infatti l'ultimo giorno prese il treno, e ritornò a Vladimir. Fece tutti quei chilometri ancora una volta, solo per rivedere quella ragazzina tremenda che gli aveva rubato il cuore. Riuscì ad appartarsi in giardino, un'ora solo con lei, per parlarle e capire meglio.

«Valja mi ha detto che vuole venire via con me. La direttrice la odia, e non la capisce. È proprio una cara ragazzina. Ne parlerò a mia moglie. L'adotteremo» ci raccontò all'aeroporto, dove ci raggiunse trafelato, giusto in tempo per prendere con noi il volo di ritorno per l'Italia. Aveva davvero rischiato di perderlo, quel giorno.

Ma quella sera, in quella piccola camera d'albergo, in quella notte senza sonno e fitta di sogni, toccò a me raccontare a Sergio la mia avventura e parlargli di Andrej.

Sì, la nostra giornata era stata incredibilmente bella, e piena di doni insperati. Ora avremmo dovuto prendere la nostra decisione. "Facciamo richiesta per adottarli tutti e due?" era la domanda che mi cresceva dentro, assieme alla risposta che sentivo giusta: "Sì".

Sergio mi precedette. Disse: «Potremmo adottarli tutti e due, il tuo Andrej, e la mia Daria. Domani ne parliamo all'avvocato, e poi vedremo. È stata una lunga giornata, abbiamo bisogno di riposare. Per ora buonanotte.»

Sembrava più facile, adesso.

Già, buonanotte. E buonanotte anche a te, Andrej, e a te, Daria.

La mattina dopo per parlare con l'avvocato dovemmo fare la fila: c'era Silvano, la coppia milanese e quelli di Roma. Quando venne finalmente il nostro turno, gli dicemmo: «Noi vorremmo iniziare le pratiche per due bambini.»

«Due? Ma siete davvero convinti?»

Iniziò un'animata trattativa. Lui sosteneva che, considerata la nostra età, potevamo tranquillamente fare richiesta per un bambino più piccolo. E poi adottarne due che non erano fratelli non era facile. E in due regioni diverse!

Ma noi eravamo irremovibili: i nostri figli ci avevano scelto, e noi ci sentivamo responsabili.

Concludemmo che si poteva fare, affidandoci a due suoi diversi collaboratori e alla divina provvidenza. Però non c'era niente di sicuro…

Anche Silvano avrebbe iniziato la sua pratica. La coppia di Milano invece era stata abbinata a due fratellini, uno dei quali si rivelò non essere in stato di abbandono. C'era una zia che aveva promesso che l'avrebbe tenuto con sé, quando fosse stato più grande. Quindi nemmeno l'altro poteva essere adottato. Avrebbero dovuto attendere un altro abbinamento.

Impossibile non pensare a quei bambini: la loro esistenza a volte sembrava appesa a un filo sottile, spezzato il quale non c'era più nessuno che potesse prendersi cura di loro. E c'erano così tanti genitori, di qua, pronti a farlo. Si trattava solo di farli incontrare nel miglior modo possibile, ma appena possibile, prima che crescessero nutriti solo dal dolore della loro solitudine.

Il viaggio di ritorno mi parve stranamente veloce.

Appena atterrata all'aeroporto di Fiumicino, telefonai eccitata a casa.

«Mamma, abbiamo trovato due bambini! Abbiamo iniziato le pratiche.»

«Oh mio Dio! Due? Ma ce la farai?»

Anche Sergio telefonò a casa. Rispose sua sorella. Scoppiò in lacrime.

Dopo quell'incontro non ebbi più notizie del signore alto con la cravatta rossa. Forse l'avevo sognato.

Di quel periodo mi ricordo solo che aspettavo, e forse giocavo e mangiavo e dormivo e sognavo... Ma non mi ricordo che sogni facevo. Forse ridevo e chiacchieravo, io chiacchiero sempre, ma mi sentivo sola, ne sono sicura, e aspettavo, come tutti i bambini che stanno là. Come Andrej, che stava a Mosca. Anche lui aspettava che lo venissero a prendere.

Lui a Mosca e io a Vladimir. Perché anche se io a quel tempo non lo sapevo, lui sarebbe diventato presto mio fratello.

Certo, il tempo è lungo quando si aspetta. Lunghissimo.

Quando affrontammo il secondo viaggio, quello fatidico, quello per andare a prendere Daria, c'erano tante cose da preparare. Mi accertai per prima cosa da mia zia che la sua casa colonica sarebbe stata a nostra disposizione al ritorno. Con quel caldo, Firenze non era certo un posto dove passare l'estate, e da sola. Perché anche mia suocera e mia cognata erano via, al lido di Ostia, insieme ai loro parenti. Un vuoto pneumatico.

Se dovevo essere sola, meglio in Maremma. Lì

avevo amici, e soprattutto c'era mia zia. Lei mi avrebbe aiutato.

C'è un detto: i genitori non si scelgono. Io invece ho scelto mia zia Luisa, imparentata con noi perché ha sposato il fratello di mia madre. A quell'epoca si erano già separati, ma era con lei che avevo mantenuto un legame. Per scelta. Lei era la madre che avrei voluto: ha il mio stesso senso dell'umorismo, e lo stesso modo scanzonato e ottimista di affrontare la vita. Anche nei giorni difficili. Anche se è di un'altra generazione.

Quando si è trattato di fare le scelte più importanti della mia vita, è stato sempre a lei che mi sono rivolta: lei mi dà la carica. Quando ero indecisa se lasciare o meno il mio impiego fisso e sicuro in un ente pubblico, le telefonai:

«Cosa faccio?»

«Dai, non fare la stupida! Lo sai benissimo! Cosa stai lì a perdere tempo?»

Anche questa volta le telefonai:

«Vorrei venire alla Rocca! La casa è libera?»

«Certo che è libera! Non fare la stupida, vieni su che in città fa troppo caldo!»

Io farei sempre la stupida, senza di lei.

Ma prima dell'ultimo viaggio ci fu anche l'ultima attesa.

Te li ricordi quei giorni, Daria? E tu, Andrej? Chissà che cosa pensavate, e come passava quel tempo per voi. Vi avevano spiegato qualcosa? Chi eravamo e chi saremmo stati per voi? L'avevate capito?

Quel tempo fu forse il più lungo, sembrava non passasse mai. Ormai avevamo fatto la nostra scelta: due bambini ci aspettavano. Certo, era tutto diverso dalla partenza: due invece di uno, e così grandicelli.

Gli amici e i parenti erano un po' preoccupati, ci dicevano: «Bravi, finalmente ci siete riusciti!» ma si capiva che non ci credevano ancora molto.

Così per scaramanzia non si festeggiava. Poteva succedere ancora di tutto; fino a che il giudice russo non emetteva la sentenza definitiva di adozione, niente era sicuro. Ci sentivamo spesso per telefono con i Bigagli. Loro avrebbero adottato l'amico di Andrej, Nikolaj dagli occhi di cerbiatto.

Mi chiedevano sempre: «Ma dicci: com'è?» e io ancora una volta raccontavo del bambino seduto su quella sedia, silenzioso, che mi guardava con occhi grandi e tristi. Bellissimo.

Era la solita catena della solidarietà il nostro unico appoggio, anche in quel momento. Soprattutto in quel momento. Sembrava impossibile condividere sensazioni, ansie ed emozioni se non con chi le aveva già vissute, o stava vivendole insieme a noi. Era un'esperienza troppo diversa da quelle degli altri genitori "normali".

Noi eravamo davvero differenti. La situazione era sempre fuori dal nostro controllo, c'era sempre qualcun altro, un estraneo, da cui dipendeva il nostro futuro. E non si trattava di un'ostetrica o di un ginecologo, ma di un giudice, un avvocato, e un sacco di gente sconosciuta disseminata nei più lontani uffici del mondo.

Io dicevo a tutti che ero pronta a partorire, ma non conoscevo proprio la data. E così mi sentivo. Il pancione era invisibile, ma c'era.

Finalmente arrivò l'attesa telefonata. Una delle due pratiche era andata a buon fine, potevamo prepararci alla partenza: Daria era nostra!

## Vladimir, Russia

E così tornammo a Vladimir. Era la mia seconda volta: c'ero già stata da turista, adesso ci andavo da mamma. La mia prima volta in assoluto, da mamma. Che cosa avrei provato?

E lei? Cosa avrebbe provato lei? Le sarei piaciuta?

Sergio era molto felice e rilassato. Lui è sempre rilassato, una dote difficilmente condivisibile con una moglie in ansia da parto. Vantava un incontro di grande successo con la piccola, io non volevo essere da meno. Preparai le valigie. Non furono una cosa semplice, quei preparativi. Si trattava di portare anche dei vestiti, e tutto l'occorrente per nostra figlia: una bambina di cui sapevamo il nome e nient'altro. La taglia? Il numero di scarpe?

«Portatele anche delle scarpe, non si trovano facilmente, là!» ci aveva detto l'avvocato. Già, ma come si fa se non si sa che numero porta?

«È una bambina bionda, ha i capelli lunghi con la frangetta sugli occhi. Sorride e chiacchiera molto.» Questo era tutto quello che ero riuscita a sapere da Sergio: troppo poco per costruirci un guardaroba. Ma soprattutto troppo poco per costruirci l'immagine finalmente reale del fantasma del mio desiderio materno.

Comprai comunque qualcosa, una serie di calzini di vario numero, idem per alcune tute e magliette colorate. Comprai anche un vestitino: blu, si sarebbe intonato con i suoi capelli biondi e gli occhi celesti. Naturalmente tutto risultò poi troppo abbondante, di due taglie superiore, perché Daria era piccola per la sua età, secondo la media italiana.

Comunque quella fu la mia prima esperienza come mamma, e fu abbastanza divertente andare in giro per compere, un buon esercizio cominciare a immaginare quella bambina assolutamente sconosciuta, che si sarebbe presto materializzata proprio dentro i vestiti che io le stavo scegliendo. E ricordo che non sapevo proprio da che parte cominciare: le taglie erano un vero rompicapo, e la scelta pressoché infinita. Ci riuscii solo grazie ad alcuni consigli pratici delle mie amiche, che mi aiutarono anche ad acquistare tutto l'occorrente senza spendere un capitale. In un grande negozio di giocattoli comprai un tenero coniglietto bianco sul quale confidavo molto, per conquistarla.

Non eravamo soli neanche in questo viaggio. C'era Lina, la moglie di Silvano, nel gruppo come sempre numeroso. Questa volta era rimasto lui a seguire il ristorante: era alta stagione, non potevano certo fare a meno del cuoco. Lina aveva un itinerario diverso dal nostro: i suoi documenti non erano ancora pronti. Ci saremmo ritrovate all'hotel Budapest di Mosca, dove ci avrebbe raggiunto anche la coppia di Milano, finalmente abbinata a un bambino di sei anni. Quanti amici!

Saremmo rimasti insieme alcuni giorni, il tempo di terminare tutte le pratiche al centro adozioni e al consolato italiano.

Il tragitto da Mosca a Vladimir parve volare in un lampo. Ci sistemarono in un albergo fuori città.

Mio Dio, lo riconobbi: era lo stesso albergo delle nostre prime vacanze là. Questa volta non ci accolsero le ragazze in costume tradizionale, con il pane e il sale. Tutti quei cerimoniali erano finiti insieme al comunismo. Ora c'era una ragazza giovane alla reception, che si sforzava di comprendere il mio impacciato inglese.

A cena Alexandra ci informò sul programma. L'indomani ci avrebbe accompagnato in centro per alcune pratiche, e poi saremmo andate a vedere la bambina. Era al campo estivo, nei boschi appena fuori città.

Nessuno dormì, quella notte.

I bambini in Russia, d'estate, li portano alle colonie estive: le chiamano lager. Quando ho fatto la storia della seconda guerra mondiale, ho imparato che chiamavano così anche i campi dove deportavano gli ebrei. Non doveva essere un bel posto.

Invece io ero in mezzo ai boschi. Non eravamo prigionieri, anche se non credo che nessuno potesse andarsene via per conto proprio. Nemmeno quelli più grandi. Era una specie di campo estivo, ma con le guardie per controllare che nessuno si perdesse.

Della città invece non ricordo niente, anche perché stavamo sempre dentro l'istituto. Non uscivamo mai. Mamma dice sempre che Vladimir è proprio un bel posto, e che ci vanno anche tanti turisti, venuti apposta da lontano.

Io invece, che ci abitavo, non la conoscevo per niente.

La città era rimasta uguale a come me la ricordavo. Io invece non ero affatto la stessa. Non ero alla scoperta di un Paese, non ero lì per conoscere monumenti o palazzi, ma per scoprire se sarei stata capace di amare una bambina, mia figlia. E per sapere se lei sarebbe stata capace di amare me. Sua madre.

Inutile dire che l'ansia era la padrona delle mie ore, quelle brevi, concitate ore, e se mi sforzavo di non darlo a vedere era per non turbare Sergio, che sembrava già abbastanza eccitato per conto proprio. Dovevamo sforzarci di non farci travolgere dalle emozioni, dovevamo rimanere lucidi per affrontare tutti i passi di quelle pratiche ancora lunghe, gli incontri con le autorità e con tutta la gente nei vari uffici.

Il primo incontro sarebbe stato con la direttrice dell'istituto di Daria, che ci aspettava. Era quello l'appuntamento a cui ci eravamo preparati per tutto il viaggio. Avevamo rispolverato anche il nostro pietoso russo, tanto per fare buona impressione. Sembrava di andare a un esame. L'ultimo, il più difficile.

La colonia estiva era dentro un bel bosco di betulle. All'ingresso, chiuso da un grande cancello di legno, una guardia ci fece entrare controvoglia. Con l'autista procedemmo su un piccolo vialetto sterrato, lungo il quale si affacciavano bassi edifici di legno. Il più ampio doveva essere l'edificio centrale. Fuori, alcune ragazze più grandi stavano danzando, sulla base di una musica moderna che si diffondeva da uno apparecchio stereo portatile.

Ci venne incontro un'assistente: la direttrice ci aspettava. Ma era presto, appena le quattro, e Daria dormiva.

Dormiva.

Ci prepararono un tè. La direttrice, una donna alta e robusta con un fare diretto e cordiale insieme, ci accolse facendoci accomodare in una grande sala; al centro, una tavola apparecchiata. E lì, seduti intorno a quel lungo tavolo, provò a fare un po' di conversazione. Sembrava una situazione normale, ma era quanto di più insolito ed eccezionale avessi mai sperimentato. Non riuscii a seguire una parola. Lei finì per confabulare con l'interprete.

Quando entrai nella stanza della direttrice, mi racconta sempre la mamma, ero in braccio alla mia mamma Luda, ed ero ancora tutta assonnata. Ho una foto, appesa in camera, in cui sono in braccio a lei, una donna un po' grassottella, con i capelli rossi e il viso sorridente.

Poi ci sono io in braccio a papà. Non ce n'è nessuna con la mamma, di quel primo giorno. Lei dice che è perché io non me la sono filata per niente, i primi tempi.

La mamma mi ha raccontato che è stato solo la prima notte insieme, quando mi sono sentita male (me la sono fatta addosso), che ho chiamato lei. Tutta sporca e puzzolente. E allora mi ha ficcato sotto la doccia e poi abbiamo dormito insieme (mica potevo rientrare in quel letto tutto sporco!).

Non dev'essere stato troppo bello, per lei. Un po' come per zia Cristina con Chiara, che non le somiglia per niente.

Ma poi io oggi le faccio tante coccole e le dico sempre che per me lei è bella come il sole. Lei ride e mi perdona.

Finalmente entrò Daria insieme a una istitutrice, Luda. Aveva indosso solo una camiciola di lana ruvida, e il viso ancora tutto rosso di sonno. Come adesso, quando la sveglio.

I capelli biondi e lunghi erano in parte spezzati, come sfibrati, la pelle bianca come la porcellana, gli occhi grandi e chiari illuminati da un riso nervoso, sempre pronto. Dalle braccia della tata passò a quelle di Sergio. Gli si strusciava addosso, gli si sedeva in braccio, e proprio non lo mollava mai. Io venivo in secondo piano.

Fu la direttrice, Inessa, a prenderla per mano e portarla da me, con quel vestito nuovo che le avevo comprato e che lei teneva in mano: "Ora fatti mettere il vestitino da questa signora" sembrava dire.

E io ci provai. Sembrava una buona strategia. La sua pelle sotto la ruvida camiciola era così tenera, ma io non riuscivo nemmeno a sfiorarla, tanto lei si muoveva inquieta. Ero impacciata come mai prima.

Tornò da Sergio. Ricordo i suoi occhi un po' obliqui, densi di una luce grigia, che guardavano il coniglietto di peluche che le avevo portato. Finalmente venne da me. Era felice. Ma non appena l'ebbe afferrato, tornò da Sergio.

Non fu un gran successo.

Prendemmo il tè con delle buone tartine, prosciutto e cetrioli. E tante caramelle.

Daria mangiò solo quelle.

Al ritorno in albergo pensai a quella bambina, che sarebbe diventata mia figlia. Era ancora un'estranea per me come io lo ero per lei. Certo, lei era sola e piena di amore e di vita da dare. A me?

Io ero lì per lei, in quei giorni.

Finalmente ecco di nuovo l'uomo alto, quello della cravatta con gli orsetti! Lui sì che mi piaceva. C'era anche una signora giovane e sorridente. Un po' impacciata, ma simpatica. Non come quell'uomo, quello alto, che parlava una strana lingua, mai sentita prima.

Eh sì, ho solo dei flash di quell'incontro, ma proprio se ci penso bene bene. E talvolta confondo i ricordi con le fotografie, tante, che ho nel mio album, e che spesso abbiamo riguardato insieme, con i miei genitori.

Ho anche delle cose che mi aiutano a ricordare: ad esempio un lungo nastro blu come il vestito delle foto, che in quei giorni portavo tra i capelli. E una bambola (ha perso le scarpe) con il vestito tradizionale russo, bianco e rosso tutto ricami. E poi un bambolotto di gomma con i capelli biondi, che sono "i regali che ti ha fatto la direttrice dell'istituto". La mamma dice che era una persona davvero gentile. Certo, una che ti fa i regali deve essere gentile, e forse mi voleva anche lei un po' di bene. Ma io non me la ricordo per niente.

Di quel giorno conservo anche il coniglietto bianco di peluche che mi portò la mamma. È stato il suo primo regalo. Ma non mi ricordo di quando l'ho vista la prima volta.

Qualche volta mi dispiace non ricordare niente.

Una cosa sola: un sogno. Do la mano al mio amico, un omino di neve, ma poi mi avvio con i miei genitori verso una grande nave... saluto l'omino di neve, che non può venire con me. La mia mano è bagnata, anche il mio viso.

E non so se era perché l'omino di neve cominciava a sciogliersi. O se erano le mie lacrime.

E non erano giorni facili, tanti uffici, documenti. Ma nell'attesa decisero che era meglio consegnarci subito la bambina, così avremmo potuto provare a vivere un po' insieme. Io ero atterrita, avrei rimandato tutto di un giorno, di un'ora, e invece l'indomani eccomi di nuovo in quella maledettissima colonia per incontrarmi con lei.

Ma questa volta fu diverso. Oh, se fu diverso! Lei era fuori a giocare con le altre bambine. La signora Luda la teneva in braccio. Non appena ci vide, la posò in terra. E lei, mia figlia, mi corse incontro, a braccia aperte, ridendo. L'ho presa in braccio e ci siamo strette forte.

Poi non mi ha più mollato.

Ricordo anche un lungo colloquio con la direttrice, in cui fummo informati di tutti i problemi che la bambina presentava: i suoi deficit cognitivi e motori, dovuti alle molte privazioni che aveva subito nella sua vita. Non avevano nessuna notizia della sua famiglia, nessuno mai si era presentato, la bambina era stata tolta alla madre perché giudicata incapace di prendersene cura. Era tutto scritto in una sentenza, che al momento dell'adozione ci avrebbero fornito. Quella sentenza che ancora conservo, tradotta dall'interprete ufficiale a Mosca.

Ma tutte quelle notizie non ci spaventavano. Sentivamo che la bambina aveva bisogno di noi, come noi di lei, e che ce la potevamo fare.

«In Italia ci sono tanti specialisti» ricordo di aver detto, forse un po' stupidamente. Ma era quello che pensavo: avrei chiesto aiuto a chi ne sapeva più di me tutte le volte che ce ne sarebbe stato bisogno.

La direttrice ci salutò molto calorosamente, ma ancor più calorosamente salutò Daria, a cui donò una bambola, per ricordarsi di loro e della sua vita là.

Era una bambola di stoffa, aveva un vestito rosso tradizionale. Lo riconobbi. Era lo stesso tipo di vestito che indossavano le ragazze che ci avevano accolto a Vladimir nel nostro primo viaggio.

Portammo Daria con noi in albergo e trascorremmo quei primi giorni insieme, a Vladimir, cercando di conoscerci. Stavamo quasi sempre fuori, la bambina era molto agitata e sembrava trovare pace solo correndo e giocando. C'era una specie di squallido giardino con una vecchia altalena, tra polvere e cartacce. A lei sembrava bellissima.

Le piaceva molto farsi spingere, e non riusciva a farlo da sola. Era la sua prima altalena? Rideva, in quello che per lei era un posto bellissimo.

In albergo cercammo di farle mangiare qualcosa, impresa impossibile. Chiedeva sempre di alzarsi e andare via, in bagno. Ma era solo una scusa: si stancava a stare seduta, e non riusciva a mangiare che qualche pezzettino di pollo o di formaggio, spilluzziccava un po' di questo e di quello. Era molto eccitata, e non si riusciva proprio a tenerla ferma.

Neanche io riuscii a mandare giù molto, in quei giorni. Tante erano le cose che ero chiamata a fare, in qualità di madre. Alcune difficili: farle il bagno. Altre impossibili: legarle quel grande fiocco in testa, come usavano loro. A lei piaceva tanto. Finiva che arrivava Alexandra e glielo faceva lei: "Vede come si fa? È semplice!" Lei era davvero bravissima. Un'altra frustrazione.

Erano tante le cose che non sapevo fare. Non sapevo comunicare con mia figlia. Dovevo sempre chiedere alla solita Alexandra, perché traducesse ciò che volevo dire. E lei rideva: sembrava che Daria parlasse uno strano russo condito con molte espressioni colorite, non proprio adatte alla bocca di una bambina.

Ma oltre che fame, acqua, pipì, io avrei voluto poter comunicare di più, magari parlarle un po' di noi, della casa che la aspettava, del suo letto, del lungo viaggio che avremmo fatto insieme...

E avrei voluto ascoltare da lei di più: di come erano stati i suoi giorni lì, di che cosa rimuginava in quella testolina bionda. E soprattutto sapere se io le piacevo.

Ma non c'era ancora nessuna risposta.

Inessa ci telefonò: «Va tutto bene?» Voleva sapere come ce la cavavamo con Daria. Se avessimo cambiato idea, Daria aveva sempre il suo posto, lì.

Finalmente il giudice competente scrisse sul suo registro: "Darja Ivanovna, figlia di Nadezhda K. e di Ivan F., è stata adottata dai coniugi..."

Una frase destinata a cambiare la vita di tutti noi. Era il 17 luglio 1993, il primo giorno con nostra figlia Daria. Era ufficialmente nata la nostra famiglia.

Ritornai a pregare in quella bianca cattedrale, sulla collina: «Grazie, Vergine di Vladimir.»

Una persona di cui mi ricordo è Valja. Era con

me in istituto. Era più alta di me, aveva i capelli pettinati con la coda anche lei e il viso da pittima. Insomma, una che faceva sempre i dispetti. Ma quella volta, quando andammo insieme a farci le fotografie per il passaporto, stava male come me. Vomitammo sul sedile del taxi, perché avevamo paura che ci portassero via.

A Mosca ci ritrovammo: anche lei aveva una nuova mamma. Però non aveva il papà come me. Lui non era venuto. Così ci facemmo un po' di compagnia in quei giorni.

Lei era nervosa e agitata, e faceva sempre dei dispetti a quella povera mamma. Per esempio le rubava le cose e poi le nascondeva. Le piacevano soprattutto i suoi gioielli. E poi si metteva il suo profumo, il suo rossetto e faceva le smorfie... E io le dicevo: "Basta, Valja."

Anch'io, mi dice sempre la mamma, in quei giorni non ero proprio un angioletto. Ma dispetti non ne facevo mai. È che non riuscivo proprio a stare ferma, e volevo sempre uscire, e faceva caldo, e non sapevano dove portarmi. Per fortuna c'erano dei bei giardini nel centro, vicino all'albergo. Così mi portavano là, dove c'erano anche altre mamme con altri bambini. Allora finalmente mi calmavo: avevo compagnia.

Chissà cosa fa Valja adesso, e se è sempre tremenda e se fa ancora i dispetti a sua madre. Io me la ricordo bene: aveva la frangia come me, ma i capelli più scuri. E ricordo anche la sua mamma, che si lamentava...

A Mosca, nel nostro hotel, ritrovammo anche Lina con sua figlia Valja. Non erano giorni facili nemmeno i suoi. La bimba la stava mettendo a dura prova.

Aveva chiesto subito del marito, e si vedeva che era rimasta delusa della sua assenza, di cui non comprendeva il motivo. Faceva di tutto per farsi respingere dalla nuova mamma, che aveva perso molta della sua iniziale forza d'animo. Certo non era facile, da sola, affrontare tutte quelle sfide.

«Non mi ubbidisce per niente, fa di tutto per farmi arrabbiare.»

Mi fece entrare in camera. Portai anche Daria. Le bambine si conoscevano, erano state nello stesso istituto, forse stare un po' insieme le avrebbe calmate. Insieme formavamo una strana squadra, le agitate da una parte, le scoraggiate dall'altra.

«Vedi, aspetta che io esca dalla camera per mettere le mani nelle mie cose. Mi ha rubato anche dei soldi, e chissà cos'altro. Non trovo più nemmeno la mia collana.»

Valja aveva veramente un'aria di sfida negli occhi tutte le volte che Lina le parlava, e si mostrava distante, per niente affettuosa, come invece era Daria con me. Anche Lina era scostante: era difficile per lei dimostrare un'intesa ancora lontana da venire. Madre e figlia stavano facendo conoscenza, o meglio, stavano misurando le rispettive armi. Ma si vedeva che tra le due la madre era destinata a soccombere, se nessuno fosse venuto in soccorso. E Silvano era così lontano…

«Gli ho telefonato ieri. Mi ha chiesto come stava Valja… "Come vuoi che stia?" gli ho detto. Io non ce la faccio più, non vuole nemmeno mangiare. Niente. Mi fa dannare. E lui mi fa: "Passamela al telefono." E lei, subito: "Papà quando venire?" Vuole bene solo a lui, me non mi sopporta nemmeno!»

Era proprio disperata. Certo, non so che cosa avrei fatto io al posto suo, è difficile da soli. Impossibile, a volte.

Tentai di rassicurarla e di aiutarla, per quanto possibile, in quelle poche ore che trascorremmo insieme. Le bambine riuscirono a farsi buona compagnia, ma fui costretta a lasciarla lì, a Mosca, sola con l'interprete, ad aspettare gli ultimi documenti.

Ci sentimmo alcuni giorni dopo, al telefono, una volta tornati a casa. Rispose Silvano:

«Come va?»

«Tutto bene.»

«E Valja?»

«Sì, qualche volta fa un po' disperare sua madre.»

«No, è che lui gliele dà tutte vinte...» intervenne lei.

«E l'appetito, l'ha ritrovato?»

«Come no...» mi raccontò orgoglioso il padre-cuoco: «Vedessi come sta bene, è ingrassata, finalmente. È capace di mangiarsi due piatti di pasta. Le piace moltissimo tutto quello che cucino. Qui al ristorante è sempre una grande festa.»

Poi passai il telefono a Daria. Le due bambine parlarono un po' tra di loro, in italiano. Un incerto, strano italiano, con quella forte pronuncia russa. La loro lingua? Dimenticata, insieme a tante altre cose troppo brutte da ricordare.

Con Silvano ci sentiamo sempre per le feste, e so che Valja sta crescendo bene, ed è un po' meno terribile con sua madre, che ha finito per accettare.

Qualche volta, specie i primi tempi, quando la mamma o il papà se ne andavano via, per un giorno o solo per qualche ora, ero travolta dall'ansia. Quando tornavano facevo sempre un sacco di feste, saltavo loro al collo e non li mollavo più per qualche minuto.

A loro faceva piacere, e pensavano fosse gioia. Invece era paura. Avevo sempre paura che non tornassero più.

Poi, col tempo, l'ho capito. Era dalla volta che li avevo incontrati che mi era venuta l'ansia di perderli di nuovo.

## Roccatederighi, Italia

Il viaggio verso l'Italia fu lunghissimo. Eravamo tutti eccitati, e avevamo tanta voglia di tornare. Anche Daria.

Una volta disse: «Sì, mi ricordo del viaggio per tornare a casa.» Anche lei era tornata, proprio come noi.

Trascorse tutto il viaggio a guardare fuori dal finestrino, a ridere felice e a battere le mani. Conquistò tutto l'equipaggio.

Ad attenderci a Firenze c'era un folto gruppo di amici e parenti. Un po' come una visita in clinica: finalmente avevo partorito anch'io.

Con Andrej dovemmo attendere un mese di più, la solita burocrazia. Ma alla fine anche lui ce la fece.

Questa volta Sergio dovette andare a Mosca senza di me. Come previsto avevo portato Daria alla Rocca, nella colonica di mia zia. Lui ci raggiungeva nel weekend. Quando ci telefonarono che potevamo andare a prendere Andrej, decidemmo che sarebbe stato meglio che lui andasse da solo.

Io certo non potevo riportare là Daria, era arrivata da poco, e doveva ancora abituarsi all'Italia e a me. Ed era troppo agitata perché la trascinassimo in un nuovo viaggio.

Per fortuna Sergio si era tenuto le ferie a disposizione: partì, e trascorse là il Ferragosto, da solo con quel ragazzino rosso, uno sconosciuto di nove anni di nome Andrej.

La sera andavo a casa di zia, nella colonica non c'era il telefono, ad aspettare la sua telefonata: «Com'è andata? Hai visto Andrej?»

Era appena arrivato. «Purtroppo sono arrivato tardi, colpa della solita fila all'aeroporto. Così sono andato direttamente in albergo.»

«In albergo! E Andrej?»

Ero già entrata nella parte della mamma italiana. Mai lasciarli da soli, gli uomini.

«Ad Andrej ci hanno pensato i Bigagli. Quando sono andati all'istituto a prendere il loro Nikolaj, hanno preso anche Andrej.»

Doveva essere stato duro, per Andrej.

Mi hanno raccontato dopo i nostri amici:

«Insieme a Nikolaj, portarono anche Andrej. Sai, aveva quella sua camicia a quadri e i pantaloni più grandi di lui, legati con lo spago. Mi faceva una tenerezza, una pena... Si guardava intorno. Nikolaj stava con noi, e per lui non c'era nessuno. Così gli andai incontro, lo abbracciai, e gli feci dire che il suo papà era in ritardo, ma sarebbe arrivato tra poco. Intanto poteva venire con noi in albergo. Lui ci avrebbe raggiunto presto. Poverino, sembrava così deluso!»

«E ora dov'è Andrej?»

Sempre la solita mamma che vuole controllare...

«È qui con me, ora te lo passo.»

«Ma come sta? E come state insieme?»

Accidenti, aveva già passato la cornetta.

«*Mama... cisdrasi ougacivici*....»

Non capivo un accidente. Ma il bambino aveva la voce squillante. (Proprio quella voce...) Sembrava che stesse bene e fosse contento. Mi commossi. Per fortuna Sergio riprese la cornetta:

«Va tutto bene, domani lo porto allo zoo. Ti farò sapere domani sera, ti telefono alla stessa ora. Stai tranquilla.»

Tranquilla? Dovevo essere là, io, con lui, mio figlio. E non qui, a migliaia di chilometri di distanza. Era me che aveva visto, era me che (forse) ricordava. Sergio era un estraneo. Ero io che dovevo partorire, no? È la donna! Mio Dio, com'ero gelosa e ansiosa in quei giorni.

Ma ero anche consapevole che dovevo essere lì, alla Rocca, con Daria. Se avessi potuto dividermi in due, quella sarebbe stata la soluzione. La chiamano ubiquità e pare sia un dono riservato solo a qualche grande santo. Le semplici mamme ne sono escluse.

In quei primi giorni dovemmo imparare tante cose, io e mia figlia: a lavarci e vestirci insieme in quel nuovo bagno, a preparare e mangiare tutte quelle nuove cose, a insegnare e imparare quella nuova lingua, a giocare con le bambole e a spingere il passeggino, da subito il suo gioco preferito.

Glielo aveva regalato Paola, il suo primo regalo, appena arrivati in città. Era un passeggino rosa con piccole, indistruttibili ruote in tinta, che cigolavano fortissimo. Lo prese e non lo lasciò più. In questo modo sapevamo sempre dove fosse.

I primi tempi, quando uscivamo insieme per fare la spesa, parte della quale veniva caricata sul suo indistruttibile passeggino, tutto era una grande festa: dalla vicina che ci regalava i fichi appena colti dal suo giardino, dal fornaio che le dava un pezzetto di schiaccia appena sfornata, al bar dove c'era sempre qualche caramella per Daria.

Quando tornavamo a casa con i sacchetti della spesa, lei rimaneva stupita da tutta quella varietà di frutta. Rideva e batteva le mani, e voleva assaggiarla tutta. Una volta la contammo: sei varietà più il melone.

L'albicocca è stata il suo primo amore. Alla festa organizzata per il suo arrivo, per presentarla a familiari e amici, più che la torta e i dolci furono le "albicuocche" a conquistarla. Era buio, eravamo rimasti pochi in giardino, la festa era ormai finita, e si sentiva solo la sua voce che ogni tanto scandiva in tono baritonale: "Albicuocca?" Ma ormai le albicocche erano finite.

«Domani te le ricompro!»

Ma ancora non capiva che adesso viveva in un posto dove la frutta non finisce mai, perché si può ricomprare. Comprese quelle saporite "albicuocche".

Sì, proprio tante cose nuove da imparare. Ma non impiegammo molto tempo a imparare ad amarci. Sembrava che l'avessimo sempre saputo.

Dormivamo nella stessa camera, dove la zia aveva aggiunto un letto: «Così, se lei avesse paura a dormire da sola...»

Era una stanza al primo piano, con un'ampia finestra da cui si vedeva un grande albero. Le foglie mosse dal vento erano la nostra ninnananna.

Daria dormiva di un sonno pesante, nel quale

cadeva come all'improvviso, stremata dal moto perpetuo che riempiva le sue instancabili giornate. Quando si svegliava, era sempre di soprassalto. Dava un urlo e mi cercava. Le bastava vedermi per calmarsi e sorridere. E il sorriso da quel momento non la lasciava più per tutto il resto della giornata.

Fu il suo sorriso che le conquistò le simpatie di tutto il paese, ed è ancora quello la sua arma imbattibile, con cui riesce a farsi spazio nel cuore delle persone.

Il più bel posto del mondo è la Rocca, dove andiamo per le vacanze. Mi è piaciuto subito, fin dalla prima volta che ci sono stata, appena arrivata. Quel giorno c'era una grande festa in piazzetta Senesi, per il matrimonio di Mariella. E diventò anche la mia festa. C'era da mangiare per tutti, vino a volontà e dolci, e anche la musica. Io stavo in braccio alla mia mamma, o me ne andavo in giro con il passeggino di Annalisa, una nipotina di Mariella. Mi è sempre piaciuto spingere un passeggino, quello delle bambole. Ne avevo uno nuovo, ma mi piacevano di più quelli veri. Come faccio adesso con quello della mia cuginetta Chiara. Sono io che la porto ai giardini, quando è bel tempo. Io sono la sua cugina preferita.

Dei primi giorni alla Rocca mi ricordo la casa e gli amici. C'era Giovanna che mi dava le susine, e i succhi di frutta fatti da lei. E anche la crostata con la marmellata, che aveva preparato usando le sue susine. Lei ha una casa proprio accanto a quella della zia Luisa. Ah, e poi c'era la zia Luisa. Lei e la mamma ridono sempre, e chiacchierano per ore... e poi la mamma dice che sono io quella che chiacchiera...

Della casa mi ricordo la nostra camera, mia e di Andrej, al piano di sopra. Bisognava salire per una scala ripida e stretta. La mamma i primi tempi aveva paura, quando salivamo, ma soprattutto quando scendevamo: io e Andrej le facevamo sempre di corsa, e di corsa uscivamo nel giardino. Lì c'era anche una grande piscina, di quelle gonfiabili. Era così grande che c'entrava anche la mamma, per rinfrescarsi un po' in quelle calde giornate d'estate.

Papà ci raggiungeva al sabato, e facevamo la grigliata con gli amici. Era tutta roba davvero squisita, ma a me non interessava molto mangiare. Non vedevo l'ora di finire per correre via da Giovanna o da Silvana, o da Mariella o dalla zia Luisa.

Poi c'era il grande parco, tra i castagni, dove papà mi ha insegnato ad andare in bicicletta, e dove Andrej giocava a pallone. Lì abbiamo festeggiato il mio compleanno, pane e Nutella per tutti!

Sì, erano proprio bei giorni, e quelli me li ricordo bene. Perché me li ricordo volentieri.

In questi giorni ci stiamo preparando al viaggio. Non facciamo solo le valigie. Con la mamma abbiamo riletto la storia che avevo scritto a scuola con le mie maestre, Lina e Luigina.

Sono andata a trovarle. Mi hanno abbracciato e fatto tutti una grande festa. Anche le bidelle. È bello vedere che non si dimenticano di te, e sapere che ti vogliono ancora bene.

*La mia storia*

*Il giorno 10 novembre del 1987 sono nata io: DARIA.*

*Io non so niente di come sono nata perché nessuno me lo ha raccontato. Vivevo in una grande casa con altri bambini a Vladimir, un paese lontano. Lì avevo una mamma, Luda, che non è morta, ma mi ha lasciato quando mamma Anna è venuta da Firenze a prendermi, perché doveva occuparsi di altri bimbi.*

*La mia mamma aveva il desiderio di una bimba come me.*

*Anch'io ho avuto una mamma che mi ha tenuto nella sua pancia e che era contenta di me.*

*Ho avuto anche un babbo che sicuramente mi voleva bene e che somigliava al mio babbo Sergio.*

*A Firenze c'era mamma Anna che aveva voglia di una bimba come me.*

*Mentre io stavo nella grande casa con gli altri bambini, mamma Anna preparava il suo cuore-culla per il nostro incontro.*

*Mamma Anna somiglia alla mamma vera, tenera e coccolona. Io le voglio tanto bene.*

*Quando ho incontrato mamma Anna per la prima volta, mi è piaciuta tanto.*

*Ci siamo viste tante volte, poi un giorno mi ha portato via con sé.*

*Quando ho visto babbo Sergio gli ho detto: «Sei felice che io sono qui?» Lui ha risposto di sì.*

*Luglio 1993: sono appena arrivata in Italia e sono con mamma e mio fratello a Roccatederighi: foto.*

*Sono in campagna e gioco con il babbo nella piscina: foto.*

*Foto: il mio primo compleanno in Italia. Avevo paura delle candeline accese, perché non le avevo mai viste.*

*Foto: io e la mamma. Quel giorno sono diventata cittadina italiana.*

*Quando ho visto la mia casa mi piaceva tanto. Ma soprattutto ero innamorata della mia mamma. Era proprio come la desideravo.*

*Dopo un po' di tempo ho iniziato la scuola materna. Avevo tre maestre: Giulia, Grazia e Marisa. Quella che mi piaceva di più era Giulia. Invece dei disegni, facevo degli scarabocchi e coloravo fuori.*

*Avevo tanti compagni e giocavo con loro. Avevo già imparato a parlare italiano e lo capivo benino. La mia amica preferita era Camilla che giocava sempre con me. I maschi mi davano noia, e non mi piacevano perché erano sgarbati.*

*Poi alla scuola elementare io ero contenta di andare in prima perché c'erano delle bambine che già conoscevo. Quando sono entrata in classe ho incontrato le mie maestre. Erano giovani ma brontolone, volevano che stessi sempre a sedere e dovevano aiutare anche gli altri bambini. Quindi non potevano sempre stare con me. A me questo non piaceva perché le volevo sempre con me.*

*I miei compagni erano tanti e mi piacevano. Matteo era il più piccolo e giocava con me. Mi ricordo quando abbiamo fatto il Nutella party, ci siamo di-*

*vertiti tanto. Mi piace molto la Nutella. Anche il succo di frutta mi piace tanto.*

*In seconda elementare quest'anno sono brava, se ne ho voglia. Ho fatto tante belle cose. Una di queste è stato il laboratorio sulla fiaba con Teo. Poi abbiamo fatto lo spettacolo.*

*Con le mie maestre va tutto bene. Delle volte un po' brontolano, ma andiamo molto d'accordo e lavoriamo bene insieme.*

*La mia mamma quando era piccola abitava a Firenze e davanti alla sua casa c'era un prato dove la mamma andava a giocare. Aveva una bicicletta rossa con la sella marrone. Con questa andava in giro con i suoi amici che erano tanti.*

*La mia mamma aveva paura del buio. La nonna allora aveva messo una lucina nella sua camera che restava accesa tutta la notte. Così la mamma era tranquilla. Io invece non ho paura del buio, ma del vento forte, quando fischia o ulula e sbatte i rami.*

*La mamma giocava sul cavallo a dondolo, e aveva un cane. La mamma e la nonna giocavano sul prato proprio come la mamma fa ora con me.*

Questa è la storia di quando ero piccola. Ora, dopo il mio viaggio in Russia, potrò aggiungere altre pagine e fotografie della mia città e della casa dei bambini di Vladimir. Perché non mi ricordo proprio niente, di quel posto. Neanche mamma Luda ormai me la ricordo più. Voglio ritornare per sapere di lei, e della mia mamma Nadezhda, che qualche volta mi manca.

Ma ho anche un po' paura: e se nessuno più si ricordasse di me?

# IL VIAGGIO

*Conosco un posto dove puoi tornare*
*conosco un cuore dove attraccare.*
L'assenza, Piero Fabrizi

Hi Lynn,
sto preparando il mio viaggio, e preparando Daria a questo.

Così ieri, guidando la macchina, con Andrej accanto a me e lei sul sedile posteriore, stavamo ascoltando una canzone che mi piace moltissimo, in questo periodo. Parla di un ritorno a casa, e dell'assenza. È di Fiorella Mannoia. Fa:

*Sarai distante o sarai vicino*
*sarai più vecchio o più ragazzino*
*starai contento o proverai dolore*
*starai più al freddo o starai più al sole*
*Conosco un posto dove puoi tornare*
*conosco un cuore dove attraccare*

Davvero una bella canzone. E poiché ho iniziato a lavorare con Daria sui ricordi che ha della Russia, pensavo che potesse essere una buona idea usare questa canzone, che mi tocca così nel profondo.

Così ho detto:

«Ascolta questa canzone, Daria. Potrebbe essere la canzone del nostro viaggio. Ti piace?»

*Se chiamo forte potrai sentire*
*se credi agli occhi potrai vedere*
*c'è un desiderio da attraversare*
*e un magro sogno da decifrare*
*C'è solo un posto dove puoi tornare*
*c'è solo un cuore dove puoi stare*

«Sì. Comincio a sentire il dolore nella mia pancia» mi disse.

«Dolore? E niente gioia?»

«Sì, gioia e dolore. Ma dolore nella mia pancia!»

Quel pomeriggio mi ha chiesto di aiutarla a ricordare alcune parole russe per parlare con gli amici, quando fossimo tornate là.

Sì, lei vuole assolutamente tornare, perfino nel dolore. Ma io sono così preoccupata del suo dolore… e non so se sarò capace di sopportarlo e di governarlo tutto.

*Stay in touch with me*

Anna

Andrej ha un amico, si chiama Nikolaj. Anche lui è russo, e stavano insieme nello stesso istituto di Mosca. C'è tutta una storia, dietro.

Un giorno mia madre deve partire per la Russia, ma la mamma adottiva di Nikolaj, Federica, non può, si è fratturata un piede. Allora le fa: «Se vai là, guarda il mio bambino anche per me.»

Così la mia mamma ha incontrato Andrej e il suo amico Nikolaj. Quando è tornata ha detto a Federica: «È bellissimo, alto, con i capelli neri e gli occhi da cerbiatto. Dolce.»

Così Federica e suo marito erano proprio contenti. Quando è stata la volta di andare a prendere Andrej, è stata la mia mamma a non poter andare. Così Federica ha visto Andrej per lei.

Andrej e il suo amico si vogliono molto bene, e si vedono abbastanza spesso, abitiamo nella stessa città. Si dicono tutti i segreti. Specie sulle ragazze. Non so se tra loro parlano mai di quando erano insieme in Russia. Ma se lo volessero, lo potrebbero fare.

Andrej è stato proprio fortunato, ad avere un compagno così.

Nikolaj era un po' triste, a volte, specie i primi tempi. Aveva come delle nostalgie. Mio fratello mi ha detto che aveva una ragazza, all'istituto, e che pensava spesso a lei. Deve essere brutto andare via e lasciare gli amici senza nemmeno poter dare l'indirizzo del posto nuovo dove si va a stare. Nessuno ti può scrivere, o telefonare. È come perdere un pezzettino del tuo cuore.

Sarebbe stato importante avere delle persone vicine, degli amici, con cui condividere i preparativi e le tante ansie di quei giorni. Ma quelli che avevo, ed erano genitori adottivi come me, sembravano proprio non capire: «A me, per fortuna, non l'ha mai chiesto» mi disse Franco.

Certo era difficile che il suo Gregorio glielo avesse chiesto, a diciassette anni, dopo aver messo da parte inutilmente per tanti anni le magliette o le scarpe che ormai non gli entravano più, con la richiesta: «Li vorrei portare ai bambini del mio istituto.»

È difficile chiederlo alle persone da cui non si è avuta alcuna risposta, alcun segnale.

«In Russia? Per carità. Quando sarà grande, se vuole, ci tornerà da sé» aveva sempre detto Franco. E poi: "per fortuna"? Perché?

Neanche Nicola, un compagno di mio figlio, aveva mai chiesto di tornare a rivedere quel Paese lontano. Il suo passato ormai non gli appartiene più: prima lo chiamavano Mirko, aveva lingua e abitudini così diverse… adesso lo chiamano Nicola. Un'altra persona, con un'altra storia.

E poi tornare non è facile.

Mi ha detto Andrea, diciotto anni, adottato in Brasile, durante una lezione che avevo fatto nella sua classe, in un corso sull'adozione: «Sì, io sono stato a San Paolo, dove sono nato. Ma c'era un puzzo… molto meglio qui!»

Ma può essere utile, per sconfiggere tanta confusione, poter ritornare. Anche ripassando nel dolore.

Anche Alice aveva voglia di tornare, aveva nostalgia dei suoi amici dell'istituto di Bombay. «Ma ormai saranno tutti via, qualcuno adottato, qualcuno chissà dove…» Sono presente quando ne parla col padre. No, lui non ha nessuna voglia di ritornare in quel Paese così poco accogliente, e di cui ricorda solo i disagi del viaggio e di quella lunga attesa.

«Io vorrei ritornare per mettere i fiori sulla tomba di mia madre. Non so nemmeno dove l'hanno sepolta» mi dice Anastasia, che a San Pietroburgo ha lasciato un fratello a cui era molto legata. Eravamo a mangiare in un fast food a Lecco.

«Lui mi ha insegnato ad andare in bicicletta. Insieme facevamo dei giri, e poi... mi prendeva sempre in giro e mi faceva degli scherzi... Quando papà tornava tardi la sera, ubriaco, Sasha veniva a svegliarmi, e prendeva una padella: la tirava in testa a mio padre, così dormiva e non picchiava mia madre. Lei era sempre a letto malata.»

La madre, Grazia, le dice: «Stella, vedrai che ce la faremo.»

Grazie a un noto programma televisivo, a cui lei ha mandato un semplice fax, sono riusciti a ritrovare il fratello e a farlo venire in Italia: un incontro commovente. «Sai» mi racconta quando ci vediamo qualche giorno dopo, «quando sono andata a letto, quella sera, ho pensato: "Domattina mi sveglio e lui non c'è più. Ed è stato solo un sogno."» Ora i due vivono insieme, in un paese in Sardegna, dove sono riusciti a farlo venire con un permesso di studio.

Ma non tutti i genitori sono come Grazia e Giorgio, e non tutti i figli come Anastasia, determinata a ottenere quello che voleva e di cui aveva bisogno: le sue radici, i suoi affetti.

O forse sì, ma è solo che noi non li stiamo ad ascoltare. E ci scordiamo che quelle sono le loro storie, e quelli i loro paesi. E dobbiamo imparare a rispettare tutto questo.

A Modena, un genitore adottivo mi ha detto: «Mia figlia mi ha chiesto di ritornare in Brasile. Ha ventidue anni. Crede che dovrei lasciarla andare? Vorrebbe tornarci con il suo ragazzo. Ma io ho paura che non ritorni più.»

E se li perdessimo, questi figli che talvolta non sentiamo nemmeno del tutto nostri? Questi figli "prestati"?

E poi c'era la cosa che più mi faceva paura. Non sarebbe stato certo un viaggio facile: la storia di un'adozione non è mai una storia facile. Parte dal dolore dell'abbandono, e non si torna mai a quel punto, l'inizio di tutto, senza dolore.

Una volta, era d'inverno, Daria stava parlando del tempo con Cristina, la psicomotricista: «In Russia, adesso c'è la neve. In Russia nevica nero.»

Cristina risponde: «È vero.»

E Daria: «Ci sei stata anche tu?»

Può essere molto duro, ricordare un Paese dove la neve è nera. Ma se un figlio te lo chiede, mi dicevo, è perché si sente maturo per farlo, e noi dobbiamo solo dar loro fiducia, a questi figli un po' speciali, e accompagnarli. È proprio di noi che hanno bisogno, ed è per questo che chiedono a noi di ritornare.

Sue Hall, che ha una figlia dalla Siberia, mi ha

scritto dal Kansas. «Anche noi torneremo in Russia, quando nostra figlia Natasha sarà più grande. Ora ha solo tre anni.»

Allora non ero sola. E forse non sbagliavo, a seguire il mio istinto. E facevo bene a non stare a sentire quanti non facevano altro che inviarmi il riflesso delle loro preoccupazioni. Ma avevo bisogno di aiuto, avevo tanta paura di sbagliare. Volevo fare tutto al meglio. Per sostenere Daria, dovevo prima essere sostenuta.

Era il momento di chiedere aiuto.

Cominciò Jane, dal Texas. Ci eravamo conosciute a una conferenza a Los Angeles, ed eravamo riuscite a trovare il tempo per una colazione insieme, per chiacchierare finalmente un po' da sole. Di fronte a una buona bistecca nacque la nostra preziosa amicizia. Lei è una psicologa e una madre, anche adottiva, e lavora da anni con i ragazzi e gli adulti adottati.

«È come se Daria avesse molti sentimenti contrastanti, riguardo a quello che vede o prova. Con chi condividerli meglio che con una madre che la ama e può aiutarla in questo cammino? Noi sappiamo che sono i segreti e i fantasmi a essere il problema, non il confronto diretto con il passato. La verità è sempre più facile da trattare, non importa quale sia, piuttosto che l'ignoto.»

E ancora: «Quando i segreti sono dischiusi, possono essere duri, ma non sarà mai come la paura e il senso di terrore che provocano quando rimangono dietro porte chiuse a chiave, dove appaiono più grandi di quanto sono. Noi, adulti o bambini, possiamo trattare con il conosciuto. È l'ignoto che è così terribile.»

Avevo anche bisogno di consigli pratici.

«Se fossi in te, direi a Daria che questo è il suo viaggio e che lei ha il diritto di dire: "No, adesso basta. Voglio fare una pausa. Mi sento scombussolata e a disagio e voglio uscire."»

E poi un'iniezione di coraggio per me, ne avevo davvero bisogno.

«Buona fortuna, Anna. Non avere paura e non lasciare che le irragionevoli paure degli altri ti tocchino. Mantenere il segreto non è mai nell'interesse dei bambini. Purtroppo la maggior parte della gente non lo sa.»

Andai anche a Roma, a trovare Masal. Una cara amica. Lei lavora da sempre con i bambini, anche quelli adottati, con un suo personale metodo di cui è molto orgogliosa, che ha costruito nel tempo, usando come risorsa la sua personale esperienza di bambina ebrea sfuggita alla guerra e cresciuta in un kibbutz.

«Forse non ricorderà niente, in quei giorni. Ma potrebbe farlo più tardi, una volta tornata a casa. Tu devi aiutarla e farla ricordare. Potrà fare molti progressi, poi, e forse sbloccarsi in molte delle sue situazioni.»

E Lynn, da New York.

«Dovresti farle tenere un diario di viaggio. La aiuterà a vivere meglio le sue emozioni.»

Così iniziammo un album, e ci misi tutte le foto che avevamo sulla Russia. Nella prima parte le foto del nostro viaggio a Vladimir e Mosca, quando eravamo andati a prenderla. La seconda parte era vuota: ci avremmo messo le foto del viaggio di ritorno.

Daria disse che era molto commossa e felice nel vedere gli altri bambini del suo istituto, e mamma Luda, la sua tata. Ma non si ricordava niente.

Inviai una e-mail a Penny, la mia sorella del Massachusetts, la voce riconosciuta di tanti adottati:

«Lei continua a non ricordare niente. È così confusa... Faccio davvero bene a riportarla là? È davvero bene ricordare, tutto, anche il dolore?»

Penny è stata adottata, ed è una madre adottiva.

Con dolcezza mi ha insegnato tante cose. La più importante è che cercare la propria storia non è questione di bene o di male. È solo necessario.

Del viaggio mi eccita soprattutto l'idea dell'aereo. Quando passiamo davanti all'aeroporto di Peretola, quello di Firenze, vicino all'autostrada, chiedo sempre: «È da lì che partiremo, vero, mamma?»

E lei: «Sì. Ed è là che siamo arrivati con te, al ritorno dalla Russia. Te lo ricordi?»

Già. Lo so bene. E un po' me lo ricordo. Come si fa a scordare un viaggio in aereo? Anche allora ero molto eccitata, e curiosa per tutte quelle cose nuove. E per le persone. Non ho dormito affatto, mi dice la mamma. Ridevo sempre e battevo le mani. Non avevo paura per niente.

All'arrivo c'era tanta gente, amici e parenti, venuti lì apposta per salutarmi: «Benvenuta, Daria!» dicevano. Questo me lo ricordo.

Tutte le volte che vedo un aereo penso alla gente che c'è dentro, a dove andrà e agli amici che va a trovare, e ai posti che va a vedere. E vorrei esserci io, su quell'aereo, a guardare in giù, seduta vicino al finestrino.

Vorrei che anche questa volta fosse così. Vorrei trovare tanti amici là, che mi salutano, sorpresi di vedermi, e mi fanno festa: "Ecco, evviva, Daria è tornata!"

Durante il viaggio ho tenuto un diario. L'ho scritto a letto, la sera, prima di addormentarmi. A volte ero proprio stanca, o troppo emozionata, così ho fatto alcune aggiunte una volta tornata a casa. Per ricordare meglio.

*1 settembre*

Finalmente siamo partite! Papà e Andrej ci hanno portato all'aeroporto di Firenze. Valigie pesanti, ultime raccomandazioni:

«State attente, e telefonate!»

Attente a cosa?

"A non perdervi" avrebbe voluto aggiungere papà. Ma la mamma era già agitata per conto suo, e lui non ha aggiunto altro.

Mi piace l'aereo. È la mia seconda volta. Ma adesso vado all'incontrario: dall'Italia alla Russia. Anche questa volta un viaggio verso l'ignoto.

Ci hanno dato un piccolo vassoio pieno di roba buona. Ma non sono riuscita a mandar giù niente, avevo un nodo allo stomaco. Ce l'ho sempre quando sono emozionata.

La mamma invece ha mangiato tutto, e anche un po' del mio: lei va alla rovescia, quando è agitata mangia il doppio.

Poi siamo scesi a Francoforte, un aeroporto fatto a labirinto, di scale e ascensori, studiato apposta per perdersi. Ma noi non ci siamo perse.

La mamma è riuscita anche a telefonare a casa, da un telefono che funziona con la carta di credito. Ha imprecato un po', ma alla fine c'è riuscita. Ma a casa c'era la segreteria telefonica, e nemmeno il cellulare di papà era acceso. Così abbiamo lasciato un messaggio (peccato!).

Sul volo per Mosca ho dormito un po', o forse ho fatto finta, volevo starmene un po' da sola a pensare. Ti viene facile perché sei lassù, sopra tutte quelle nuvole bianche, e il mondo si riduce a un niente lontano. Tutto sembra soffice e leggero come quelle nuvole bianche, anche i pensieri, e ci puoi passare attraverso senza farti male. E sopra le nuvole c'era il sole. Bellissimo!

Poi il mondo è diventato una striscia nera, e la striscia nera è diventata terra, e la terra verdi foreste:

«Guarda Daria, il tuo paese! Com'è bello! Quelle sono foreste di betulle!»

E poi i laghi, le case... e infine: «Tra poco atterreremo all'Aeroporto di Mosca.» Sì, ma Mosca ancora non si vedeva proprio: dov'era? «Dobbiamo ancora fare molta strada. Riprendere le valigie, e poi ci serve un taxi!»

La mamma va pazza per i taxi (papà dice che così si spende una fortuna), dice che si fa prima e quando siamo in posti sconosciuti non ci si perde. Poi io so che lo fa anche perché le piace chiacchierare con la gente: gli autisti sono tutte persone simpatiche che amano la conversazione (sempre chiusi lì in macchina, a portare degli sconosciuti di qua e di là...).

Ma qui la cosa si faceva difficile. Andrej me l'aveva detto: «In Russia tutti parlano russo e anche se noi siamo russi non ci si capisce un accidente.» Dice che i più giovani sanno un po' d'inglese, e lui quello lo capisce, ma io di inglese ho studiato solo *hello, good morning, how are you, good night, thank you*. Un po' poco per una conversazione. Anche con un autista. Comunque ho nello zainetto un piccolo dizionario: ma il russo è scritto in cirillico, e chi lo capisce il cirillico? Io non l'ho mai studiato, neanche quando ero in Russia: troppo piccola per andare a scuola.

E invece adesso mi piacerebbe capire di più.

Questo dovrebbe essere il mio Paese, e io non voglio sentirmi una straniera.

L'autista scovato dalla mamma è alto e gentile, e parla un po' d'inglese. Mamma comincia a rilassarsi (un pochino). Lui ci dice che c'è molto traffico e che ci vorrà tanto tempo per raggiungere l'albergo che è nel centro.

«Si comincia bene!» sorride la mamma.

Lui prende le nostre valigie, e partiamo.

«Hotel Budapest!» La mamma ha voluto prenotare lo stesso albergo in cui ero stata anch'io quando mi avevano adottato. Ha fatto di tutto per ritrovarlo. Chissà, forse lo riconoscerò.

«La città è tutta chiusa al traffico, perché c'è la festa per l'anniversario della fondazione, Daria. L'autista dice che ci sono concerti e feste ovunque.» Infatti via via che ci avviciniamo alla città, le bandiere aumentano, così come la gente che festeggia per le strade. Una festa proprio oggi, come per dire: "Bentornata, Daria!"

«Che bello, mamma! Ma ci sarà troppa confusione?»

Non mi piace la confusione. Ma non mi piace neanche quando non succede niente.

Ero proprio curiosa di vedere Mosca. Sistemate le valigie in albergo, siamo uscite verso la Piazza

Rossa. Ci siamo fermate ad ascoltare dei giovani musicisti che suonavano rock. Tutto era chiuso con delle transenne, e c'erano un sacco di poliziotti, che però ci hanno fatto passare.

Per entrare in questa grande piazza si deve passare sotto una piccola porta, e neanche te la immagini quanto è grande e bella. Ma per niente rossa. Mi hanno spiegato che in russo rossa e bella si dice allo stesso modo, *krasnaja.* Allora la potevano chiamare Piazza Bella! Da un lato è chiusa dalle alte mura del Cremlino, con le torri tutte rosse, e dall'altro ci sono i Magazzini Gum (ci andiamo domani).

Tira vento ed è ormai buio. Le bandiere sulle torri sventolano sotto le luci: sono blu, rosse e bianche. Le bandiere del mio Paese.

Ho sentito come un brivido dentro. Ma non era per il freddo.

*2 settembre*

Ieri sera siamo state fuori fino alle undici. C'era tutta quella confusione e quella gente, poi d'improvviso, come per incanto ogni cosa si è fermata. La musica è cessata, e le persone sono scomparse in fretta, come inghiottite dalla metropolitana e dagli autobus. Incredibile, in pochi minuti sono rimaste solo le cartacce per terra e i poliziotti. E noi due.

Come nella fiaba di Cenerentola, quando scocca la mezzanotte la magia finisce.

Così siamo rientrate in albergo. Qui c'è un silenzio incredibile, anche con la finestra aperta.

Il letto matrimoniale è molto grande e comodo, ed è stato bello dormire vicine. Oggi possiamo pigrare un po', tanto non abbiamo un programma preciso fino a domani.

Mamma, lo so, vorrebbe trascinarmi per musei e simili, ma io opporrò resistenza: oggi negozi, passeggiate e McDonald's. Mosca è piena di fast food, cinesi, italiani, americani. E anche di pub affollati di giovani. Come a Firenze.

La giornata è iniziata male per la mamma: le solite seccature russe, come dice lei, problemi di prenotazione. Si è rilassata solo quando è riuscita a prelevare dal bancomat un po' di rubli, la moneta che si usa qui in Russia.

Poverina, di solito è papà che si occupa di tutte le faccende di soldi e simili, si sa, lui lavora in banca!

Ma si vede che è un po' nervosa per tante cose.

Così siamo uscite senza programmi precisi, solo a gironzolare tra monumenti e negozi. La città è bellissima.

Siamo tornate nella Piazza Rossa. Di giorno è ancora più bella. Mi sono fatta fare una foto davanti a una buffa chiesa, che sembra quella delle favole: la cattedrale di San Basilio. Proprio nel punto della foto di quando ero piccola.

Abbiamo anche rivisto altri luoghi dove sono stata da bambina, quando i miei genitori sono venuti a prendermi. Faceva tanto caldo, e i miei mi portavano ai giardini di Alessandro, che è un parco vicino al Cremlino. Così siamo ritornate là, e ci siamo sedute al caffè delle mie merende. La mamma era molto contenta e commossa. C'era il sole. Ma io non ricordavo nulla.

Nemmeno dell'albergo mi ricordo. Come si fosse trattato di un'altra persona.

A cena, pizza ai quattro formaggi. Buffo! La mia preferita. Come a casa. Tutti sono stati molto gentili, e si sono presi cura di noi. Ci torneremo.

In albergo abbiamo telefonato a papà per tranquillizzarlo: «Sì, qui ora ogni cosa funziona, non è più come un tempo. Sono anche riuscita a rifornirmi di rubli dal bancomat: tutto è più semplice.»

In camera c'è la televisione, e ho visto la mia trasmissione preferita su Raiuno: sembra quasi di essere a casa. Ma siamo così lontane!

Con mamma abbiamo ripassato il programma: resteremo qui due settimane, il nostro limite massimo. Domattina presto verrà a prenderci una certa

Alya con l'autista, sono tutti e due collaboratori di Jeanne.

Con loro andremo a Vladimir. Lì visiteremo l'istituto dove ho vissuto per un anno. Il giorno dopo andremo nel villaggio dove sono nata: Stepantsevo. Il nome l'ho letto sul mio certificato di nascita.

E lì non si sa che cosa troveremo. Ci staremo una giornata. Troppo poco, forse, per ritrovare qualcuno.

Mia mamma chiacchiera volentieri di Vladimir e dell'istituto, dove dice che mi curavano e amavano. Ne ha un buon ricordo. Ma del posto dove sono nata non parla molto, forse perché anche lei non sa proprio come andrà. Ma per me è la parte più importante del viaggio.

La mamma ha messo la sveglia per domattina e l'ha controllata tre volte. Dobbiamo essere puntuali, e poi c'è il conto dell'albergo da pagare... la mamma è sempre un po' agitata quando non c'è papà.

Ma io ho sonno, e tante cose da pensare...

*3 settembre*

Ieri sera, mentre dormivo, la mamma ha telefonato a una sua amica. Si chiama Helena e vive a Mosca, dove organizza concerti. Si conoscono dai tempi del primo viaggio per l'adozione, perché anche lei fa parte di un'associazione internazionale di donne che lavorano. Hanno fissato un appuntamento per incontrarsi ma, soprattutto, lei ci metterà in contatto con delle amiche di Vladimir, perché anche lì hanno aperto un club della stessa associazione. L'hanno inaugurato due giorni fa, con una cerimonia proprio nell'albergo dove andremo a dormire. Anzi, pare che la proprietaria ne sia la segretaria. La mamma è sorpresa e contenta.

Alle 10 e 15 precise sono arrivati a prenderci. Puntuali!

Alya è come me. Bionda, con gli occhi azzurri come il cielo. E dolcissima. Bassina. Ci siamo subito abbracciate come se ci conoscessimo già.

Anche l'autista è simpatico, con grandi baffi. Non è vecchio. La sua macchina è una grande berlina bianca. La mamma è contenta: «Il viaggio è lungo, almeno staremo comode.»

Sì, il viaggio è stato lungo. Mosca è così grande che sembra non ti voglia lasciare mai, e l'autostrada quasi senza fine.

Poi le case sono diventate sempre più rade e vecchie e sono cominciate le foreste, di betulle naturalmente!

Ogni tanto si interrompevano e appariva una campagna tutta piatta con qualche villaggio sempre più piccolo, e ho visto le prime case di legno, le isbe, verdi, celesti, con i disegni intagliati nel legno. E le vecchine con il fazzoletto in testa che andavano a fare la spesa, come le babushke, le nonnine delle favole. Poi i ragazzi fermi ad aspettare l'autobus: forse andavano a scuola.

Purtroppo la conversazione con i miei nuovi amici era difficile. Anzi impossibile. Solo Alya parla inglese, e naturalmente parlava solo con la mamma. Ogni tanto lei mi traduceva qualcosa, quando io la tiravo per la manica.

Così ho dormito un po', tanto non c'era nient'altro da fare. Quando mi sono svegliata ci eravamo fermati a un punto di ristoro: un McDonald's! E la mamma che mi diceva: "Vedrai, dovrai abituarti, in Russia tutto è diverso, bisogna adattarsi, non è come da noi..."

Alya mi ha preso per mano e mi ha fatto capire che anche a lei piace molto mangiare hamburger e patatine. L'ho detto, mi somiglia molto. È come una sorella maggiore.

Domani andremo all'istituto di Vladimir, il mio istituto. E dopodomani a visitare il paese dove sono nata. Alya e Volodia saranno sempre con noi. Jeanne ha organizzato tutto alla perfezione. Infatti mamma era più rilassata.

A Vladimir, gli amici ci hanno lasciato all'albergo, un piccolo bed and breakfast (si dice così quando puoi farti da mangiare per conto tuo) tutto di legno bianco, che sembrava molto vecchio. Ma dentro era nuovo, e la direttrice ci è venuta incontro con un gran sorriso. Anche la mamma sorrideva.

Lei sapeva chi eravamo e perché eravamo lì. Helena li aveva avvertiti.

«Adesso, Daria, ci riposiamo un po' e ci facciamo belle, perché verranno qui a trovarci delle amiche che ti vogliono conoscere!» Che bel Paese è il mio Paese, dove non ti fanno mai sentire soli.

Così ho conosciuto Ekaterina, alta e bionda (ma non naturale come me) che insegna inglese (credo proprio che alla fine mi toccherà studiarlo). Mi ha tenuto in braccio tutto il tempo. Poi c'era Oxana, una ragazza un po' più grande di me.

«Ha diciassette anni, ed è la figlia della Presidentessa del club di Vladimir.»

La mamma continuava con le presentazioni. Ma io non l'ascoltavo più. Guardavo tutte quei visi sorridenti, ed era proprio come avevo sempre saputo: nella mia città avrei trovato tanti amici che mi avrebbero fatto festa. "Bentornata, Dasha!" Perché qui tutti mi chiamano così. Mi piace. È russo. Come una cosa che mi ricordo. Chissà se anche mia madre mi chiamava così.

«Ti va di visitare la scuola di Oxana, domani?» Mamma mi riportava alla realtà.

Con Alya e Volodia siamo stati a cena in un ristorante italiano: cotoletta alla milanese, patatine fritte e melanzane alla parmigiana. Volodia è un gran mangione, proprio come mio fratello.

Su una parete della sala c'è un grande dipinto di Venezia con i suoi canali. Buffo! Ho preso anche un gelato con il cioccolato caldo sopra. L'ho detto, proprio come a casa, in questa Vladimir.

E forse è proprio così.

Domani rivedrò il mio istituto. E mamma Luda. Mi piacerebbe che si ricordassero di me. E mi facessero un po' di festa anche loro.

*4 settembre*

La nostra camera è bella. C'è anche il bagno con la doccia. Non dormo con la mamma, ma in un letto vicino. Tutto intorno c'è una libreria con degli scaffali: ci ho subito messo le mie cose.

Sono tornata nel mio Paese. Sono a casa?

Con la mamma abbiamo chiacchierato un po', stamattina, mentre facevamo colazione. Abbiamo stabilito un segnale per farle capire quando mi sento stanca o a disagio e non ho più voglia di restare in un certo posto o continuare una visita o una conversazione. Alzo la mano e la chiamo, così lei capisce. Speriamo. A me sembrava meglio se la tiravo per la manica. Ma lei dice che questo lo faccio sempre, e lei come fa a capire?

A colazione c'era tanta roba buonissima: frittelle di ricotta, yogurt, uova, salame, tè e succo d'arancia. Una colazione alla russa. Ma io non sono riuscita ad infilare niente dentro lo stomaco. E non è per il troppo gelato di ieri sera.

Mentre bevevo il tè e mangiavo il mio yogurt («Almeno prendi lo yogurt, Daria, non puoi uscire senza mangiare niente!») guardavo fuori. C'è un piccolo patio pieno di fiori. Fa freddo anche se siamo solo in settembre, ed è tutto nuvoloso.

«Sei contenta, Daria, che andiamo a vedere il tuo istituto?»

Domanda stupida: eravamo lì per quello.

«Certo, mamma.»

Risposta stupida: mi hai portato qui per questo.

So benissimo che anche lei è eccitata quanto me. Ma in modo diverso.

Lei nel mio istituto c'è stata solo per due ore.

Anche Alya era emozionata, l'ho visto subito. Lavora con Jeanne, nella sua missione, e aiutano le coppie che portano i bambini adottati fuori dalla Russia. Non è che le succeda tutti i giorni di riaccompagnare questi bambini indietro nel loro Paese.

«Si parte, Dasha, sei pronta?»

Prima ci fermiamo in un centro commerciale, a comprare dei dolci. Una torta al cioccolato per la direttrice. Scelgo anche due grandi sacchetti di cioccolatini e caramelle per i bambini.

L'istituto è in centro: «Guarda Daria, il tuo istituto, la casa dei bambini! Lo riconosci?»

Quella grande casa tante finestre e il giardino? Non riuscivo proprio a parlare.

Dentro ci aspettavano.

Non so come spiegarlo, ma quel corridoio tutto dipinto di azzurro, quelle lunghe scale di legno bianche, quei disegni sulle pareti con tutti quei fiori e le farfalle, e gli uccelli e quel buffo orsetto... e poi il viso sorridente della direttrice, Inessa... sì. Lì c'era una parte di me.

Non ricordavo bene, però era una sensazione piacevole, come un caldo dentro, che aumentava via via che arrivavano altre persone a stringermi le mani e ad abbracciarmi. Per prima la direttrice:

«Dasha, *krasnaja*, come sei bella!» Poi si sono affacciate altre persone, la cuoca, alcune assistenti... e mamma Luda? Dov'era la mia mamma Luda? «L'hanno chiamata, sta arrivando.»

Alya comincia a tradurre a mamma e poi lei a me:

«Dice che sono tutti molto felici, è una grande festa per loro, oggi. Voi siete la seconda famiglia che ritorna qui. L'altra è stata una famiglia francese. È contenta di vedere che Daria stia bene, sia cresciuta, e sia così bella! Ti sta facendo dei complimenti, piccola.»

Mamma era eccitata quasi quanto me, e per non farlo vedere scattava foto in continuazione, "per il nostro album". Poi Alya: «La direttrice chiede se a Dasha fa piacere rivedere l'istituto. Dopo prenderemo insieme il tè e parleremo un po'.»

Così iniziamo il giro, con tutto il personale che mi fa le feste. La palestra, la sala mensa, la cucina, le camere, lo spogliatoio, dove alcuni bambini si preparavano a uscire in giardino. Prendevano i loro giubbotti da un armadietto. Ognuno aveva il suo... come un tempo anche io. Ce n'è uno che piange. Poverino, lo aiuto a vestirsi: «Fuori fa freddo, copriti bene!» Mi piacerebbe stare un po' con loro.

Una delle tate mi fa un cenno, come per dire: "Vuoi venire fuori con noi?" e mi prende per mano. Era proprio quello che volevo, starmene un po' a giocare con questi bambini. Sono così belli.

E ci sono tanti giochi, fuori: c'è uno scivolo, un'altalena, una casetta di legno con bambole e passeggini... forse gli stessi giochi che c'erano quando io ero piccola.

Il bambino ha smesso di piangere.

«Hanno detto che è stato malato» traduce mamma.

«Ma ora sta bene?»

«Sì, ora sta bene, non preoccuparti.»

Poi è venuta la parte che mi è piaciuta di più: distribuire i dolcetti ai bambini. Si vedeva che ne andavano matti, erano sorpresi e contenti, come se non fosse una cosa di tutti i giorni. Per forza, quella era la nostra festa!

Anche con la direttrice abbiamo fatto festa, con una grande torta al cioccolato, nella stanza grande. Hanno fatto un sacco di discorsi (accidenti!) ma quello che ho capito era che erano contenti e che non si erano affatto dimenticati di me. Infatti hanno portato una cartellina gialla con tutti i miei documenti e le foto che noi avevamo spedito dall'Italia. Avevano conservato ogni cosa.

Chissà se sanno qualcosa dei miei genitori. Tiro la mamma per una manica. Ma non riesco a parlare: sta entrando mamma Luda.

È proprio come nella foto che conservo nel mio album, solo un po' invecchiata. Col suo sorriso dolce e il suo caschetto di capelli rossi. Mi prende tra le braccia e piange. Non ci diciamo niente, non possiamo dirci niente. Ma lei è felice come me.

Le ho dato il mio regalo, un bel foulard di seta

azzurro comprato a Firenze, e lei se lo è legato subito al collo.

Anche loro mi hanno fatto un regalo: «Perché ti ricordi di noi!» hanno detto. Mi hanno fatto scegliere tra i peluche (ce n'erano tanti nella stanza dei bambini) quello che mi piaceva di più. Ho scelto un coniglio grigio. Ha la pancia rotonda e un buffo musetto. Lo chiamerò...

Poi ci siamo fatte una foto, tutte insieme, io tra mamma Luda e mamma Anna. Spero che sia venuta bene, la metterò nel mio album.

Siamo tornati nel nostro ristorante, Piccola Venezia, proprio affamati. Anch'io. Ma in fretta, perché ci aspetta Oxana, per la visita alla sua scuola.

«Sarà come quella dove vado io?»

«Certo, solo che questa è una scuola superiore.»

«Ah, allora è come quella di Andrej.»

Lei era già fuori che ci aspettava. Mi ha preso per mano e siamo entrate.

Oxana parla inglese, l'ha studiato in una scuola americana che c'è a Vladimir. Ma non c'è stato bisogno di molte parole. Una scuola è una scuola. Ci sono le aule, la biblioteca, la palestra, i laboratori e i gabinetti. Quelli russi fanno proprio schifo, non li consiglierei a nessuno.

Una cosa strana è che tutti lì sono silenziosi e beneducati. Perfino a ricreazione. Niente a che vedere con il casino che facciamo noi nei corridoi.

E tutto è pulito, e ben tenuto. A parte i bagni.

Finalmente Volodia ci ha riportato in albergo, ero proprio stanca. E avevo voglia di chiacchierare con la mamma.

Abbiamo parlato di Inessa e di mamma Luda, e di come sono stati tutti affettuosi con me. Si vedeva che mi volevano bene.

«Ti ricordavi di qualcosa, hai riconosciuto qualcuno?» mi ha chiesto mamma.

«Sì, quando ho visto mamma Luda, l'ho riconosciuta. Ma forse è per le foto che abbiamo a casa. O forse me la ricordo. E di mia mamma, dei miei genitori, sanno niente?»

Finalmente ero riuscita a chiederglielo. Avevo paura della risposta. «No, non ci sono notizie dei tuoi genitori. Hanno gli stessi dati che abbiamo noi. Hanno detto che nessuno è mai venuto a chiedere di te.» In tutti questi anni. Nessuno. Non è una cosa bella da sentirsi dire.

Abbiamo parlato di domani. Mamma dice che non devo farmi troppe illusioni. Se nessuno mi ha mai cercato, vuol dire che forse mia madre era sempre molto malata. E oggi, chissà... può darsi che non ci sia più.

Stringo forte il mio coniglio senza nome. Non so se riuscirò a dormire, stanotte.

Mamma mi fa un po' di coccole: «Oggi sei stata brava, Dasha, ad aiutare quel bambino!» Già, lui piangeva ed era così triste. Anche lui si sentiva solo, lo so. Proprio come me.

*5 settembre*

Quello che è successo oggi non sono riuscita a scriverlo subito. Ho dovuto aspettare alcuni giorni. Ma è come se lo rivivessi adesso. È stampato nella mia mente, e non lo scorderò mai.

Volodia arriva puntuale come al solito, alle 8 e 30, e Alya si affaccia alla porta della nostra camera.

«Già pronte?»

Certo, e chi ha voglia di dormire, oggi? Sono troppo impaziente.

«Prendo il coniglio?»

«Sì, ma stai attenta alle scarpe!»

Sono alla rovescia. Quando sono agitata, le sbaglio sempre.

«Lascia fare, le sistemerai meglio in macchina, tanto di tempo ne abbiamo.»

Stepantsevo è a cinquanta chilometri da Vladimir, un piccolo paese nella campagna. Prendiamo la strada statale. Ci vorranno più di due ore.

Alya continua a tradurre quello che dice Volodia, e mamma quello che dice Alya. È stata proprio questa la cosa più pesante da sopportare: a volte mi sentivo tagliata fuori, e mi dispiaceva non capire niente. Volodia dice alla mamma che conosce bene il posto: «Prima c'erano delle industrie chimiche e tessili nella zona. Ora, dopo la fine del regime, non ci sono più. La gente qui vive di agricoltura o di commercio. Alcuni vanno a lavorare in città.»

I nostri accompagnatori sono attenti e affettuosi, e sento che sono pronti ad aiutarmi nella mia ricerca, come se fosse un po' anche la loro.

Alya si volta verso di noi e chiede qualcosa alla mamma. Lei rimane in silenzio per un attimo. Poi fa cenno di sì con il capo. «Chiederemo in paese se qualcuno conosce o ha notizie di tua mamma, Daria. Va bene?»

Un'altra cosa che avevamo stabilito, quella mattina, era che su ogni cosa da fare sarei stata io a decidere se mi andava bene o no. Era la mia ricerca.

«Alya pensa che nel villaggio troveremo qualcuno che ci possa aiutare?» Ero ansiosa e impaurita insieme: che cosa avremmo trovato quel giorno? Ma ero stata io a mettere in moto tutto, e ormai non mi potevo più tirare indietro.

«Dice che è possibile, in un piccolo paese tutti si conoscono.»

La strada correva ormai attraverso la campagna, e le case si facevano più rade. Sembrava di fare una gita.

«Daria, tra poco vedrai il villaggio dove sei nata!»

Non avevo molta voglia di pensare. Avevo il mio coniglio a farmi compagnia. L'ho abbracciato: dammi un po' di coraggio... Vladimiro. Sì, ti chiamerò Vladimiro, ti piace?

Dopo più di due ore siamo a Stepantsevo. Fermata la macchina, Volodia incontra un suo amico, si ferma a chiacchierare, e noi scendiamo. Comincia la nostra avventura.

Passeggiamo un po' tra le poche strade. C'è un mercato, con poche bancarelle che vendono vestiti, e alcune bambine con lo zainetto sulle spalle: forse tornano da scuola. Guardo l'orologio: sono quasi le undici. Così presto? Le bambine sono tutte bionde e con gli occhi chiari, e basse. Proprio uguali a me: sono a casa.

Alya si ferma di fronte a una specie di monumento e sembra leggere attentamente una lunga lista di nomi. Tiro la mamma per una manica. «Credo che cerchi il cognome della tua famiglia sul monumento ai caduti.»

«E non ha trovato niente?»

«No, niente ancora.»

Ci fermiamo ai cancelli di una fabbrica, chiusa. In uno stagno, davanti all'ingresso, nuotano alcuni pesci grigi. Si vede che il posto è abbandonato e triste.

«Alya dice che questa era una fabbrica tessile.»

Continuiamo a passeggiare senza una meta. Alya mi prende per mano. Sì, proprio come una gita qualsiasi.

Il paese sembra molto povero, nei giardini c'è l'erba alta. E un monumento di Lenin giace a terra a lato della strada. Alcune dacie, si chiamano così le case di campagna, si intravvedono tra i campi.

Poi la strada asfaltata si interrompe, e ci avviamo lungo una mulattiera. C'è un cane, un randagio, che mi fa le feste. Lo seguo. E gli altri dietro. Arrivo in uno spiazzo polveroso, di fronte a un grande edificio di mattoni rossi con le finestre verdi. Sul portone c'è una grossa targa. Il cane gioca un po' con me, e poi si allontana.

Alya parla con mamma ed entra.

«Questo è l'ospedale del villaggio. Vuoi entrare? Può darsi che tu sia nata qui.»

«Ok, entriamo.»

Ed è allora che è successo tutto. Appena sono entrata dentro quel portone, sono entrata nel mio passato.

Un piccolo gruppo di persone con il camice bianco si fa intorno ad Alya e viene verso di me. Quasi mi travolge:

«*Dashenja, malinki...*»

Mamma traduce:

«Dicono: "Dashenka, piccolina... Dasha è ritornata!"»

Si vede che sono sorpresi e felici. Si chiamano tra di loro, e qualcuno si avvia al telefono nell'atrio.

E ancora:

«Alya dice che queste persone si ricordano di te, ti hanno riconosciuta... la loro piccola Dasha, così cara... Dasha, pensa, ti hanno riconosciuta!»

Già, sembra impossibile, dopo tutti questi anni. E proprio qui.

«Ah, e poi? Cosa dicono?»

Avrei dovuto essere io la prima a sapere, e a parlare...

Chiedono delle cose ad Alya, e si capisce che lei spiega di me e di mia mamma Anna...

"Adottata? In Italia? Ma chi l'avrebbe mai potuto immaginare..." si capisce dalle espressioni dei loro visi che dicono qualcosa del genere.

«Sono contente che tu stia bene e sia viva e...

stanno dicendo che somigli tanto a tua madre...»

Qui ho cominciato a tremare...

«... a tua madre Nadezhda. Dicono che le somigli molto. E che lei era una persona tanto gentile.»

Tiro la mamma per una manica: voglio sapere ogni cosa, ma parlano tutti insieme. Una grande confusione. Tutti fanno domande. E noi, cioè Alya per noi, spiega perché siamo lì: per avere notizie di Nadezhda, mia madre.

Parla una di quelle donne con il camice bianco. Ha i capelli rossi corti. Ma devo aspettare la traduzione. Si vede che non è facile parlare, per la mamma, e non solo per via della lingua. Ma io voglio sapere la verità.

«Nadezhda è morta. Proprio in questo ospedale.»

Tutto in pochi secondi, appena il tempo per ascoltarlo con i miei orecchi. Troppo poco per comprenderlo e accettarlo anche nel mio cuore.

«Hanno detto che tua madre non c'è più. Ma la ricordano come una persona brava e gentile. Era molto malata ed è morta, proprio in quest'ospedale. Ah, hai due fratelli, Dasha. Si chiamano Sergej e Nikolaj, oggi hanno ventuno e diciassette anni.»

«Come Andrej?»

«Sì, diciassette anni proprio come Andrej. Ma non si sa niente di loro.»

Loro parlano e io mi sento andare su e giù, come su un ottovolante.

«Siete stati divisi e mandati in diversi istituti. Probabilmente anche loro oggi non sono più all'istituto, ma nessuno sa dove vivono.»

Non facciamo nemmeno in tempo a digerire le notizie che iniziano le presentazioni: un diluvio di nomi che non riesco ad afferrare.

Tutti mi vogliono abbracciare: io sono la figlia persa e poi ritrovata. Sono felice e stordita dalla loro affettuosa accoglienza. Poi qualcuno propone una visita all'ospedale. Salgo a braccetto della dottoressa dai capelli rossi per la scala di ferro, tra le pareti dipinte di verde, e inizia il mio viaggio indietro nel tempo e nella memoria.

Dasha è ritornata.

«Dicono che venivi spesso qui. E che sei salita tante volte su per queste scale. Ti stanno chiedendo: "Te lo ricordi, Dashenka? Sei venuta tante volte qui, quando eri piccola!"»

Entriamo in una stanza, ci sono alcuni tavoli. «Questa prima era l'infermeria, e c'erano alcuni letti. Tu hai dormito qui, qualche volta. Te lo ricordi?»

Nessun ricordo. Il solito buco nero.

«Qui mangiavi con noi, quando venivi e avevi fame.»

La stufa. «Qui venivi a riscaldarti...»

Una bella, grande stufa in ceramica bianca. C'è un buffo disegno in rilievo: un coniglietto. Mamma mi scatta una foto. Fatto.

E infine l'ambulatorio. Due piccole stanze divise da una porta. Nella prima un dipinto sulla parete: un orso giocherellone, con tante farfalle, che sembra guardarti come per dire: "Qui non può succederti niente di brutto."

Erano tutte lì, le mie dottoresse, pronte per aiutarmi a ricordare. Mi dispiaceva deluderle. Ma era la verità. Non mi veniva in mente niente. Solo la sensazione di stare in un posto che mi era familiare.

Nell'altra stanza c'era un lettino per le visite, e un tavolo con quattro sedie. Mi dicono che sono stata spesso qui, quando anch'io ero malata. Per questo erano così felici di vedere che stavo bene... l'ultima volta che mi hanno vista avevano paura che non ce l'avrei fatta a guarire. Avevo la polmonite.

La dottoressa dai capelli rossi mi fa cenno di sedere, e poi arriva un regalo. Qualcuno porta una foto: "Dasha a cinque mesi".

Sono io! Anch'io adesso ho una foto di quando ero piccola!

Avrei voluto urlarlo al mondo. Ma avevo appena la voce per sussurrarlo.

Guardo: sono in una carrozzina, avvolta in una bella copertina a fiori, e sorrido. Sorrido! Allora ero felice?

«La dottoressa Galena si offre di portarci a vedere la casa della tua famiglia!» dice Alya, emozionata.

«Dasha, vuoi andare a vedere la tua casa?» mi chiede la mamma.

«Sì, voglio.»

Galena (ha i capelli biondi, ed è la più alta del gruppo) mi prende a braccetto e mi guida di nuovo fuori.

La casa, ci spiegano, non è molto lontana. Saremmo ritornate all'ospedale subito dopo, per il pranzo. Avrei mangiato lì in ospedale, con loro. Altre persone ci avrebbero raggiunto per incontrarmi e parlare con noi. Era come una grande festa, e io ne ero il centro.

Volodia ci aspettava fuori. Siamo salite in macchina.

Prendiamo una strada sterrata, svoltiamo e d'un tratto l'ho riconosciuta: «È quella!»

La casa, un edificio bianco a due piani e con molte finestre, sembra molto povera, quasi abbandonata. Si affaccia su un grande cortile, chiuso sul lato opposto da un'altra casa perfettamente uguale.

Appesi a fili tesi tra pali di legno sventolano alcuni panni al sole. La casa è abitata. Ci sono galline e cani. Vedo alcuni ragazzi seduti a chiacchierare su una panchina, tra le biciclette appoggiate per terra. Vorrei parlare con loro, e chiedere...

«Dasha, qui abitavi con la tua famiglia!»

Esce una donna. Mi guarda stupita, poi mi viene incontro e mi abbraccia: «*Dashenka, malinki!* Ma sei proprio tu? Mio Dio, come somigli a tua madre!»

Alya riesce a malapena a tenerle dietro e a tradurre. Una giornata incredibile anche per lei.

Questa donna si chiama Helena ed era una vicina di casa. Dice che conosceva bene la mia famiglia. E me. Ci vuole portare dentro.

«Vuoi entrare, Daria?»

Saliamo un piano di scale in legno, vecchie e sporche. Puzzo di cavolo. Ci fa entrare nella sua casa, due piccole stanze con una grande stufa. Alcuni vecchi tappeti coprono il pavimento:

«Ti ricordi, Dasha, di quando venivi da me a chiedere da mangiare? Quanto hai giocato con mio figlio!» Chiama Ivan, un ragazzo sui quindici anni, che sorride, imbarazzato. Lo riconosco, era uno dei ragazzi che stavano giù in cortile.

«Questo è Ivan, ti ricordi di lui?»

Cerco di sorridere anch'io, ma sono sopraffatta. Mi dispiace, non lo ricordo.

E finalmente:

«Questa è la porta della tua casa. La riconosci?»

Una porta blu, molto vecchia, la prima del lungo corridoio. Proprio accanto a quella di Helena. Ma è chiusa: «Le persone che ci abitano adesso sono fuori. Prima, quando ci vivevi tu, l'appartamento era fatto da una stanza sola, adesso tutti gli appartamenti sono di due stanze.»

Vorrei poter entrare. O forse no. Meglio restare fuori, nel calore degli abbracci di tanti amici ritrovati.

Tocco quel legno consumato. Chissà quante volte mia mamma l'avrà aperta... Non riesco proprio a parlare.

Ma non è finita. Helena ci conduce in fondo al corridoio: «E questo è il terrazzino dove ti piaceva stare, Dasha...»

Un balconcino, dove sono stesi alcuni tappeti al sole. Tira molto vento. Una scala ripida di ferro conduce giù, in cortile.

Sì, lo ricordo. Scendevo da questa scaletta, ne sono sicura, per andare a giocare.

«... e il cortile dove portavi sempre il passeggino, quando giocavi... era il tuo gioco preferito.»

Sì, lo ricordo.

Sono felice: mi sto ritrovando. E tutti anche qui si ricordano di me:

«... eri una bambina così dolce e gentile...»

E dicono di essere molto stupiti della somiglianza con mia madre Nadezhda. Anche loro. Ma cosa ne è stato di lei?

Ecco, si avvicina un'altra donna. Proprio per rispondere alle mie domande: «Questa è Svetlana. Lei sa dove è sepolta tua madre, Dasha. Se vuoi, ci può accompagnare. Il cimitero è qui vicino.»

Tutto così vicino: la casa, l'ospedale, il cimitero... tutta la mia vita in quelle poche centinaia di metri.

Rispondo con un sì forte e chiaro. Sono venuta qui per lei.

Così saliamo in macchina, in silenzio. Solo Svetlana parla. Indica la strada all'autista. Ha i capelli neri corti, sporchi e arruffati. Stringo la mano di mamma e non la lascio più, per tutto il breve tragitto.

Il cimitero è appena fuori dal villaggio, dentro un bosco.

Il cancello di ferro è aperto. Entriamo a piedi.

Mamma Nadezhda, sto arrivando.

Il posto è quieto, molta pace e molto silenzio. In cielo alcune nubi, ma il sole riesce a far passare qualche raggio. La luce illumina le foglie ancora verdi degli alti alberi e lo stretto sentiero.

La nostra guida cammina veloce, troppo veloce per noi. Alya è davanti a me, e mamma resta indietro. Si ferma a raccogliere dei fiori sui bordi del sentiero, tra l'erba appena tagliata che profuma di fresco. Volodia l'aiuta.

Le tombe hanno croci e semplici lapidi in marmo nero. Ci sono foto e nomi. Mi guardano.

Ogni tomba è recintata da un piccolo cancello di ferro. Di fronte ad alcune c'è anche una panca e un tavolino con sopra un cero e una ciotola con del pane. E fiori di plastica sbiaditi.

Dove sei, mamma Nadezhda?

Il cuore mi batte forte.

Camminiamo ancora, fino a un punto più stretto, dove si passa a stento tra i tanti recinti. In fondo, una tomba. L'ultima.

«È questa.»

Mamma Nadezhda è là, quasi in fondo al piccolo cimitero, sotto gli alti alberi del bosco. La tomba più povera di tutte, con l'erba alta e soltanto una croce di legno. Una semplice croce di legno, con scritto un cognome e la prima lettera del suo nome. Nient'altro. Nessuna data per ricordare.

Povera mamma!

Il legno è tutto rotto, e l'inverno cancellerà anche quel nome. Non c'è nessun fiore. Nemmeno di plastica.

Ho bisogno di aiuto.

Cerco mamma, e lei mi porge il mazzo di fiori. Fiori di bosco per mamma Nadezhda: celeste, viola, giallo. Per te.

Li appoggio sulla tua tomba. Tu eri lì, mi aspettavi da tanto tempo. Mi hai chiamata, ne sono certa. E io sono finalmente tornata.

Ti voglio bene, mamma.

Alya e Volodia si allontanano. Vorrei poter pregare...

«Mamma, cosa possiamo dirle?»

«Tu cosa vorresti dirle?»

«Che sono qui, che sto bene, e che spero che anche lei stia bene...»

«... e in pace.»

«Sì, e in pace.»

«E allora ringraziamo e preghiamo Dio per questo.»

Anche i nostri amici si uniscono a noi. Preghiamo in russo, italiano e inglese. Dio capisce tutte le lingue.

Avrei voluto restare lì per sempre, accanto a mia mamma Nadezhda.

Quando è venuto il momento, le ho detto arrivederci e siamo tornate indietro. Via dal cimitero, ma non via da lei.

Al ritorno in ospedale, tanta gente ci stava aspettando. E ci attendeva una nuova sorpresa. Avevano chiamato Katerina Petrovna, la dottoressa che mi aveva fatta nascere. E lei adesso è lì per me! Ci abbracciamo.

Anche lei mi fa un regalo: prende un vecchio libro, è il registro delle nascite, mi spiega Alya. Cerca e apre una pagina:

*10 novembre 1987, è nata Daria Ivanovna K.,*
*figlia di Nadezhda K., peso 3 chili e 600*

e sotto la sua firma.

«Guarda Dasha, qui ci sei tu!»

Io sono nata.

La dottoressa Katerina è in pensione, ed è venuta apposta da casa. È così felice di rivedermi. Anche lei ha temuto per la mia salute, fino da quel giorno, quel terribile giorno, in cui mi avevano portata via.

Ci racconta: «Quel giorno tua madre fu ricoverata qui in ospedale, e tu fosti portata via con l'autoambulanza a sirene spiegate, lontano, verso l'istituto di Vladimir.»

Mia mamma era morta l'anno dopo.

Chiedo se c'è la persona che mi aveva accompagnata quel giorno, sull'ambulanza. Perché adesso capisco che quella è la sirena dei miei incubi. Sussultavo di paura ogni volta che ne sentivo una. I primi tempi sognavo sempre: un ospedale, un'ambulanza... e piangevo. I miei genitori adottivi non riuscivano a spiegarsi perché.

C'è anche quella persona! Un altro incredibile miracolo.

Mamma parla con lei, e le chiede com'è stato quel viaggio.

«Sì, la bambina era molto scossa. Ha urlato e pianto durante tutto il viaggio» traduce Alya.

Avevo quattro anni, e chissà quanta paura. Certo non capivo dove mi stessero portando, né perché. Non potevo capire che era per il mio bene, ero troppo piccola. Volevo solo restare con la mia mamma.

Ma non c'è il tempo di essere triste.

Arriva un'altra donna, hanno telefonato anche a lei: «Vedi, Daria, questa era la tua insegnante d'asilo. Te la ricordi?»

Una ragazza giovane e bella, con i capelli castani, che mi guarda felice e sorpresa. Mi abbraccia.

«Chiedile della scuola!» Mi piacerebbe andare a rivederla.

Mamma traduce:

«Ha detto che la scuola adesso non c'è più. L'hanno buttata giù per costruirne una nuova.»

Parlano della mia famiglia, adesso. «Tutti vogliono farvi sapere che la madre di Dasha era una brava persona, gentile» dicono.

Era venuta da una città molto lontana, per lavorare come operaia. Ma quando chiusero la fabbrica (quella che abbiamo visto prima), iniziò per lei un periodo molto difficile. Non riuscì più a prendersi cura dei figli, che le furono portati via. Poi si ammalò e le portarono via, per ultima, anche Dasha.

Ci hanno invitato a sederci tutti e quattro al tavolo dell'ambulatorio preparato per il pranzo, con Alya e Volodia, e abbiamo mangiato il cibo preparato dalle nostre amiche dottoresse: minestra di patate e insalata di cetrioli e pomodori freschi conditi con panna acida. Erano andati a prenderli nel loro orto.

Riconoscevo i sapori. Ero sicura che erano le stesse cose che avevo mangiato là quando ero piccola. E sono le stesse cose che mi piacciono tanto anche adesso.

E quelle care persone mi sfamavano ancora una volta.

«Buono, vero, Daria?»

La mamma ha un appetito! Anch'io, questa volta. Sarà stato per il buon cibo ritrovato insieme a quelle care persone che mi volevano bene.

Tutto era così fantastico, ma anche così naturale. Le dottoresse dell'ospedale sono rimaste sedute tutto il tempo su una panchina, a guardare noi che mangiavamo, chiacchierando e ridendo. Felici.

«Hanno detto di non preoccuparsi, loro mangeranno dopo.»

Chissà se era vero. Forse loro oggi salteranno il pranzo. E noi non abbiamo portato niente...

Dopo il pranzo, a fatica, ci separiamo dai tanti amici ritrovati. Ci accompagnano fuori, ed è il momento della foto ricordo. Voglio che ci siano tutti. Lasciamo il nostro indirizzo, ci scriveremo.

Ma sono loro per prime a farmi un invito: «Dasha, ritorna quando sarai grande. Con i tuoi figli, quando li avrai!»

E rivolte a mamma: «Non dimenticheremo mai questo giorno. Non vi dimenticheremo mai.»

Nemmeno noi. Mai.

È stato difficile andarsene via. Ma siamo partite. Dovevamo tornare a Vladimir.

Durante il viaggio, con mamma, abbiamo parlato della visita a Stepantsevo e di tutte le informazioni che abbiamo trovato. Finalmente con un po' di calma. «Mi dispiace tanto che mia mamma Nadezhda sia morta.»

«Lo so. Ma lei era molto malata. Se non fosse stato così, lei avrebbe potuto tenerti.»

Abbiamo parlato del cimitero.

«Non riesco a dimenticare quella tomba.»

«Era così triste» ho detto io.

«È così povera» ha detto mamma.

«Sì, così povera...»

«Dobbiamo fare qualcosa» dice mamma «per migliorarla. Magari una lapide di marmo, una croce di marmo nero, come quella delle altre tombe. E sulla croce...»

«Sulla croce possiamo mettere il suo nome e le sue date.»

«Sì, la data di nascita e la data di morte. E possiamo aggiungere qualcosa. Vuoi scriverci anche un messaggio a tua madre?»

«Sì, ma cosa possiamo scrivere sulla sua tomba?»

«Potrebbe essere qualcosa come... "Riposa in pace, mamma..." Ti sembra che suoni bene?»

«Sì: "Riposa in pace, mamma". Mi piace, suona bene, mamma. E: "Con amore, da Dasha."»

Ho dormito, stanca, per tutto il resto del viaggio. Volodia guida bene.

Ma la giornata non era ancora finita. Ci aspettava Jeanne, a cena. Finalmente l'avrei conosciuta. Eravamo stanche, ma avevamo anche bisogno di parlare con qualcuno di quella incredibile giornata.

L'appartamento di Jeanne è anche la sede della sua missione, in un palazzo vicino al centro. Sulla parete di fronte alla porta ti saluta un salmo della Bibbia. Altri sono incorniciati alle pareti. Il suo gruppo a Vladimir è costituito da duecento fedeli. Ci dice tutto questo mentre sta cucinando uno splendido pollo nella sua cucina "italiana", di cui è molto orgogliosa. L'ha preparato apposta per noi.

Le abbiamo portato una bottiglia di olio dall'Italia. Mamma l'aveva messa in macchina, e quasi ce ne dimenticavamo. Che giornata.

«Adesso ti insegniamo a fare la fettunta. Ce l'hai dell'aglio, come si dice in inglese... *garlic*?» Mi sembra di averla sempre conosciuta, con quel sorriso cordiale e i modi semplici e diretti. Parliamo soprattutto del viaggio, che Alya racconta commossa. Jeanne ascolta stupita gli incontri e le scoperte che abbiamo fatto. Le mostro orgogliosa la mia foto, quella della carrozzina. Anche lei rimane sorpresa da tante coincidenze: «Oggi il Signore è stato con voi.»

E quindi abbiamo parlato della tomba, e le abbiamo chiesto se poteva occuparsi di far costruire una lapide nuova, per la mia mamma. Ha detto che sarà felice di fare tutto quello di cui abbiamo bisogno.

C'era anche Steven, suo nipote, che era venuto a trovarla dagli Stati Uniti. Carino. Stava sempre vicino ad Alya. Si vedeva che gli piaceva. Peccato!

«Dasha, guarda che è impegnato!»

Mamma mi prendeva in giro... era bello ridere di nuovo insieme.

La cena è stata buonissima: il pollo di Jeanne e la nostra fettunta hanno riscosso un grande successo.

La sera siamo andate a letto presto, io ero proprio stanca ma felice: «Quante persone si ricordano di me, mamma... e mi volevano bene. Mamma Nadezhda sarà felice. E poi mamma... sono contenta perché lei somigliava a me.»

Vorrei aggiungere: "E se tutti si ricordano di me, e mi volevano bene, allora anche quella Dasha là esisteva davvero. E anch'io."

Preghiamo insieme ancora una volta per Nadezhda. È deciso: mi prenderò cura di lei e della sua memoria, e mamma mi aiuterà.

Le scrivo un semplice messaggio su un foglio del mio diario, sicura che lei lo potrà leggere:

*Cara mamma Nadezhda, io ti voglio tanto bene, e ti penso. Mi dispiace che non ci sei più.*

*So che anche tu mi vedi, e pensi a me. Ti mando un bacio. Riposa in pace.*

E poi abbiamo dormito insieme, io e mamma, appiccicate strette, nel suo letto.

*6 settembre*

Oggi è il giorno dopo.

Non ci svegliamo presto come le altre mattine.

«Buongiorno, piccola. Dormito bene?»

«Sì, mamma. Questa notte ho fatto un sogno. Ho sognato di mamma Nadezhda. Lei era bella, e mi sorrideva. Sai, mamma, adesso sono felice, perché so che lei era proprio come me.»

È vero, è importante somigliare a qualcuno. Me lo aveva spiegato Penny, e ora so che aveva proprio ragione.

Oggi non abbiamo voglia di uscire presto. Siamo troppo stanche. Ci verranno a prendere per il pranzo, e dopo faremo una gita. Jeanne ci porta a vedere una piccola chiesa sul Nerl, la più famosa e bella del mio Paese, la Russia.

È una bella giornata, c'è il sole. Usciamo per una breve passeggiata, da sole.

Vengono a prenderci come al solito puntuali per il pranzo: «Dove vuoi mangiare oggi, Dasha?»

Torniamo al piccolo ristorante italiano, vicino alla Porta d'oro. Ma Jeanne non c'è. Aveva da fare, questa mattina è arrivata una coppia di americani. Ci spiega Alya che hanno adottato due bambine, qui a Vladimir. Anzi una bambina e una ragazza di quattordici anni. La signora però ha preso una brutta influenza. Jeanne le ha portato le medicine (e il suo sorriso).

Oggi non ho molto appetito, Volodia chiede il permesso di finire anche la mia porzione di pollo fritto. «Hai visto, mamma? Fa come Andrej!»

Volodia oggi ha voglia di parlare, e ci racconta dei suoi figli. Ha una bambina della mia età e un bambino più piccolo. Ci mostra le loro foto, che tiene sempre nel portafoglio.

Riprendiamo la macchina, e aspettiamo Jeanne fuori dall'albergo, più bello e grande del nostro. E nell'attesa girello con Volodia nel negozio dei souvenir. C'è l'immagine della Vergine di Vladimir.

«Guarda, mamma!»

«Sì, è la nostra Madonna, quella della Rocca. Domani andremo a vedere la chiesa dove c'era l'originale. Vedrai com'è bella, ti piacerà.»

Volodia ci mostra orgoglioso alcuni lavori in legno, di artigianato locale.

Mi piacerebbe comprarne qualcuno. Mamma ne

approfitta per prelevare un po' di soldi dal bancomat, ce n'è uno nell'ingresso. Ha sempre paura che i soldi qui non le bastino.

Jeanne scende, sorride: «Adesso andiamo.»

Oggi con noi c'è anche Steven, si siede davanti. È proprio un bel ragazzo, si vede che è americano. Ci stringiamo un po', sul sedile di dietro. Alya mi abbraccia.

La chiesa è in un posto bellissimo. Ma la strada è tutta sterrata e piena di buche. Mi sa che Volodia ci è abituato, perché riesce a evitarle quasi tutte. Ma qualche volta ne prende una, e tutti quegli scossoni ci fanno traballare.

Poi ho intravvisto la chiesa, piccola e bianca, su una collinetta che domina una pianura deserta (la steppa russa!). Proprio sotto c'è un piccolo lago, su cui si riflette come su uno specchio. C'è il sole e sembra un sogno. O una favola.

Scendiamo. C'è una macchina tutta addobbata con dei nastri bianchi. Dalla portiera aperta esce una musica festosa.

«Sono due sposi, sono venuti qui con gli amici a festeggiare» dice Jeanne, e mi strizza l'occhio.

C'è anche una bancarella sulla quale un venditore mostra le sue foto. Sono foto artistiche: si vede la chiesa in ogni stagione. Le più belle sono quelle con la neve. C'è anche un libro. Lo compriamo, così a casa lo faremo vedere a papà e ad Andrej.

Mamma è eccitata, dice che riconosce questo posto. C'è stata tanti anni fa con papà, nel loro primo viaggio in Russia. Io ancora non ero nata. Si commuove un po'. Si vede che le manca papà.

Mentre mamma scatta fotografie, io sto un po' con Alya e Steven.

«Lasciali soli, quei due! Non lo vedi? Stanno insieme!»

Peccato, Steven è un gran bel ragazzo.

Entriamo in chiesa. Un nugolo di mosche ronza in alto, tra le ragnatele del soffitto. All'ingresso c'è un piccolo banco con alcuni oggetti di artigianato.

«Vengono molti pellegrini qui, a piedi. È un luogo speciale, non è vero?»

Mamma mi compra una piccola croce d'argento.

«Adesso vorrei portarti a vedere un monastero. Nel pomeriggio fanno una funzione. È una cosa che non dimenticherai.»

Jeanne mi prende a braccetto e ripartiamo, lasciando sul Nerl un pezzettino di cuore.

Il monastero si trova in una piccola città che si chiama Bogoliubovo. È molto grande, tutto cintato da un basso muro bianco. Le cupole invece sono azzurre.

«Se sono azzurre vuol dire che la chiesa è dedicata alla Madonna, se sono d'oro a Cristo Pantocratos» ci spiega Jeanne. Grazie alla mamma che traduce, capisco tutto.

Dentro c'è tanta gente, soprattutto donne. E alcune suore con dei tonaconi neri. Alcune intente a pulire, altre invece, in cima a scale alte, dipingono: «Stanno restaurando gli affreschi. Tra qualche anno questa chiesa tornerà al suo splendore. Se verrete ancora, lo vedrete!»

Entrano i monaci, e iniziano a cantare. La chiesa è molto grande, ma quelle voci, così profonde, sembrano riempirla fino al cielo. Così come il mio cuore.

La mamma si è allontanata. L'ho vista pregare di fronte a un'icona. Piange. Ma non di dolore. Io invece non ci riesco proprio, a piangere.

L'ho raggiunta: «Voglio accendere una candela anch'io.»

Abbiamo comprato una piccola candela che ho acceso e infilato nella sabbia, in un piccolo braciere di fronte a un'icona, come fanno tutti i russi. Per mamma Nadezhda.

È sera. Tempo di tornare.

«Vi piace la carne alla brace?» ci chiede Jeanne.

Lei fa spesso questa strada quando torna dai suoi giri per portare aiuto ai bambini degli orfanotrofi della regione, quelli più poveri e dimenticati. Ha fatto un contratto con un lattaio e un fornaio, così, due volte alla settimana, portano il latte e il pane a questi bambini. Qualche volta, ci ha raccontato, non hanno nemmeno di che scaldarsi, perché il riscaldamento è rotto, e allora lei gli fa portare della legna.

Ci siamo fermati a mangiare spiedini di maiale sulla brace in un locale lungo la strada statale, tra nugoli di zanzare che volevano mangiare noi. Il locale era pieno di camionisti che bevevano birra. Jeanne ci ha fatto portare del succo di frutta dolcissimo. Lei è contraria all'alcol. Dice che è una piaga, qui. Tutti bevono vodka, perché è la cosa che costa di meno. Meno del pane. Così la povera gente, senza lavoro e senza soldi, si ubriaca per dimenticare. Sono tanti gli alcolizzati in Russia. È il dramma della povera gente, gli uomini diventano violenti, e le donne spesso muoiono giovani.

E se hanno figli?

Finalmente siamo a letto, stanche ma in pace. Nel buio, come sempre, il tempo delle coccole e degli ultimi pensieri.

Adesso io ho visto ogni cosa: l'ospedale dove sono nata, la casa dove ho vissuto, il terrazzino dove giocavo, la mia mamma, la strada per l'orfanotrofio e l'orfanotrofio dove tu sei venuta a prendermi.

Non ci sono più buchi.

Mia mamma Nadezhda sarà felice. Voglio che lei stia bene, adesso.

*7 settembre*

Oggi è l'ultimo giorno a Vladimir: visita della città e compere.

Ci ha accompagnato Alya, come al solito. Anche lei era felice, con una nuova luce negli occhi. Amore?

Mamma vuole portarmi a vedere la cattedrale.

Volodia ci lascia vicino al monumento a Vladimir:

«Vedi, Dasha, questo è il principe che ha fondato la tua città.»

Sopra di noi la collina, con la cattedrale che brilla bianca sotto il sole. Mamma è felice. Quel posto le ricorda tante cose.

Mentre per me è la prima volta.

«Bisogna fare il biglietto.»

Allora con mamma abbiamo fatto uno scherzo.

«Vieni con me, Dasha, però stai zitta, mi raccomando!»

In Russia ci sono due tipi di biglietti, uno per i russi, e l'altro, più caro, per i turisti stranieri.

«Un biglietto per me e uno per Dasha, è russa» ha detto alla bigliettaia, nel suo più perfetto e deciso accento russo. E ha indicato me ("Zitta!"): un metro e cinquantatré di puro sangue russo... Siamo state convincenti: ci hanno dato i nostri biglietti riservati. E io sono perfino entrata gratis, come ogni studente del mio Paese!

Dentro la cattedrale ci siamo fatte il segno della croce alla russa. Si mette la mano sulla fronte, poi al centro, poi sulla spalla destra e sulla sinistra. Cioè alla rovescia, per noi.

E abbiamo pregato, io e lei insieme: grazie, Vergine di Vladimir!

Dopo abbiamo passeggiato per quelle strade dove io non ero mai stata, e che invece mia mamma ricordava così bene.

Voleva mostrarmi tutto: la piccola libreria dove aveva comprato quel grande libro sulle icone, e il chiosco ai giardinetti dove con Sergio aveva fatto colazione e pranzo...

«Vedi, Dasha, qui è dove io e Sergio siamo rimasti tante ore, ad aspettare che fossero pronti tutti i documenti per poterti prendere.»

«E il negozio del fotografo dove mi hanno portato a fare la foto per il passaporto... dov'è?»

Sul mio vecchio passaporto russo, c'è una foto in bianco e nero: una bambina con un grande fiocco in testa e l'espressione triste e spaurita. Non mi somiglia affatto, ma so che sono io. La mamma mi ha raccontato la storia dell'autista e del nostro viaggio, durante il quale io ho sporcato, vomitando, il suo "sedile quasi nuovo". Il che era costato ai miei una lauta mancia "come se fosse nuovo davvero".

C'erano tanti negozi, anche di scarpe, i miei preferiti. E tanti ristoranti, un pub e una gelateria.

«Dasha, ci facciamo un gelato?»

Ora anche mamma mi chiama Dasha. Mi piace.

Poi ci siamo tuffati nel centro commerciale, dove abbiamo comprato un regalo per Andrej: un boccale portamatite con su scritto *Andrej* in cirillico.

Al tramonto, Alya ci ha portate di nuovo sulla collina. C'è un'alta torre. Siamo entrate, al piano terra c'è un piccolo museo, una collezione di vestiti dei primi del Novecento.

Poi ci ha portato sul terrazzo, in cima.

«Gli studenti vengono qui, dall'alto si vede tutta la valle.»

Sì, era bello. Si poteva vedere l'intera città, con le piccole cupole dorate delle chiese, il parco, e i nuovi palazzi, le vie e il traffico del centro. E c'era anche il fiume che procedeva senza fretta nella valle fino a scomparire lontano. Neanche qui ero mai stata, ne sono certa.

«Grazie, Alya, per avermi fatto conoscere la mia città.»

Ci hanno riportato tardi in albergo. Ma non avevamo voglia di dormire, io e mamma, né di restarcene chiuse lì dentro. Così siamo uscite da sole, a piedi, per il viale del centro.

Non c'era tanta gente in giro. Abbiamo seguito alcuni giovani, e così siamo arrivate fino a un chiosco, l'unico aperto a quell'ora. Avevano di tutto: ci siamo comprate una grande torta e due aranciate. In camera, noi due sole, abbiamo festeggiato la nostra ultima notte a Vladimir.

La torta era buonissima.

Sì, oggi ci siamo divertite, è stata davvero una bella giornata. Con Alya sono stata bene. E anche con Steven. Abbiamo tanti amici qui.

Ma io sono sempre un po' triste, anche, e penso sempre a te, e a quella croce di legno, in quel bosco, tra l'erba alta. Così sola. Mamma.

*8 settembre*

È sempre un problema fare le valigie.

"Prima di andar via, occorre controllare sempre

di non aver dimenticato niente" dice sempre papà. Mi manca, papà. Anche alla mamma.

Sì, gli ho parlato per telefono. Ma come si fa a raccontare tutto quello che è successo in questi giorni?

Volodia ci viene a prendere per l'ultimo viaggio. Mi dispiace un po' andare via.

Jeanne è venuta a salutarci, e ci chiede se possiamo portare con noi anche Steven: parte per la Virginia e vorrebbe vedere Mosca. Così ci stringiamo di nuovo sul sedile di dietro.

Mi dispiace lasciare Jeanne, e questa città, e tutto. Ma posso tornarci, ora so la strada. E ho degli amici, qui.

Jeanne dice che ci scriverà presto, per informarci sulla lapide. Ha già trovato un bravo artigiano, per niente costoso. Promette che ci invierà delle foto per farci vedere il lavoro quando sarà finito. Dice anche che bisogna sbrigarsi a fare i lavori prima che nevichi.

Steven si sistema accanto a Volodia. Non ha occhi che per Alya, e lei è raggiante.

«Le ha chiesto di sposarla...» mi sussurra la mamma, «... l'altro giorno, là sul Nerl!»

«Che bello!»

Sempre romantica, io.

«Già. Ma Jeanne è preoccupata. Suo nipote deve ancora finire gli studi di teologia all'università, in America, e lei è così giovane!»

E bella… sì, sono proprio una bella coppia.

A Mosca ci salutiamo. Volodia ci porta in albergo. Speriamo tanto di rivederci presto, magari in Italia.

«Che ne dici, Dasha, se oggi pranziamo da McDonald's?»

Uau, il mio preferito!

«Perfetto, mamma!»

Una volta in camera, sono stanca e non mi sento troppo bene. Dormo come un sasso per tutto il pomeriggio. Usciamo che è buio, per cenare al nostro ristorante preferito. «Pizza ai quattro formaggi e gelato?» Ci hanno riconosciute!

Torniamo a piedi. Ormai sappiamo la strada. Mi piace parlare di Alya e di Steven: si sposeranno?

Mamma mi tiene sempre per mano.

In albergo ci telefona Helena, l'amica della mamma, per sapere se è andato tutto bene. Telefoniamo anche alle amiche di Vladimir per salutarle. Aspettavano una nostra telefonata, per fissare una cena insieme. Ce n'eravamo dimenticate. E poi avevamo bisogno di stare un po' da sole.

Telefoniamo anche a papà. Al buio, sento che

mamma piange. Faccio finta di dormire. Forse dovrei piangere anch'io, ma i miei occhi sono vuoti di lacrime.

*9 settembre*

Oggi è successa una cosa incredibile. Eravamo al Cremlino, vicino alla zarina delle campane, che vorrebbe dire la più grande. Ha una storia: non ha mai suonato, era troppo pesante, è caduta e così si è rotta. È ancora lì, per terra, sul viale che va alla piazza delle cattedrali, e tutti le fanno le foto. Anche noi.

Accanto c'era anche un gruppo di turisti italiani. Che bello, sentire la nostra lingua! Avevano una guida proprio brava... che ci guarda e fa:

«Anna!»

E mia mamma: «Anna! Oh, che sorpresa!»

Si chiamava proprio come mia mamma, e si conoscevano. Le aveva fatto da interprete quella volta che era venuta con Andrej, per l'associazione che fa le adozioni a distanza.

È una persona molto cordiale e parla benissimo l'italiano! Mamma fa le presentazioni e le chiede di sua figlia:

«Sì, mia figlia sta bene. Lavora sempre lì, nello studio legale, tutto bene. Ma questa è la tua Dasha? Oh, Dashenka, come sei bella!»

Un'altra persona simpatica. Ce ne sono tante, in Russia.

Aveva molto da fare. Ma se volevamo, potevamo unirci al suo gruppo, dopo due sere, per lo spettacolo di suoni e luci. Loro ci avrebbero aspettato in piazza Bolscioj, di fronte al teatro. Ci sarebbe stato l'autobus. Niente da pagare, eravamo sue ospiti.

Ci ha abbracciate di nuovo ed è corsa via con i suoi turisti. Sì, proprio una donna simpatica. Fortunati, quei turisti italiani!

Così abbiamo proseguito il nostro giro. Mamma non ha avuto nessuna pietà. Il Cremlino è grandissimo, e pieno di musei. Li abbiamo visti tutti.

Dopo però, come contrattato, siamo andate ai Magazzini Gum. E lì mi sono proprio divertita.

La sera, a letto, penso a questo viaggio e ai tanti amici che abbiamo qui. Quelli nuovi e quelli vecchi. Mamma ha ritrovato i suoi, e io i miei. Anch'io avevo tanti amici qui, e non lo sapevo. Tante persone che mi volevano bene e si ricordavano di me. Loro mi hanno aiutata a ricordare.

Ora lo so: io sono Dasha, nata a Sepantsevo, nella regione di Vladimir, da mamma Nadezhda. E l'ho visto! È scritto in quel libro nell'ospedale dove sono nata. Me l'ha detto proprio la dottoressa che ha fatto partorire la mia mamma. Lei mi ha visto nascere. Non è bellissimo?

*10 settembre*

Oggi è stata la giornata di Helena. L'appuntamento era per le 11, all'ingresso della Piazza Rossa.

Ma prima dell'incontro con l'amica di mamma, come ogni mattina siamo andate a portare la nostra colazione ai barboni. Ci portano così tanta roba la mattina in albergo che abbiamo deciso di darne un po' a quei poveretti, come li chiamo io.

Ce ne sono tanti per le strade e nelle piazze qui intorno, e ci hanno fatto proprio pena. Prendono il nostro pacchetto, e ci guardano così sorpresi... Una donna molto vecchia si è messa a piangere. Era così sporca... mi ha fatto un segno come di benedizione. Un'altra, più giovane, con la gonna strappata fino all'inguine, non se n'è nemmeno accorta, parlava da sola. Solo quando ci siamo allontanate abbiamo visto che ha aperto il pacchetto, ha preso il tetrapak del latte, e ha riposto con cura il resto: da parte, per il pranzo.

Aspettiamo Helena sedute sugli scalini della nuova chiesa sulla Piazza Rossa. Alla fine eccola entrare sotto l'arco, i capelli biondi corti e un bel sorriso.

«Ciao, Anna, ciao, Dasha, come state?»

Parla inglese, e ancora una volta devo dipendere dalla mamma per capire qualcosa. Loro due si sono messe a chiacchierare dei ricordi comuni, ma io non mi sono annoiata affatto. Tante cose e tanta gente da vedere. Abbiamo preso la metropolitana. Dice che è la prima che è stata costruita, nel mondo. Ed è anche la più bella. Dentro c'era una folla. Alcuni giovani musicisti suonavano nei sottopassaggi.

«Helena dice che sono tutti musicisti diplomati! Purtroppo non c'è lavoro per tutti, e la vita qui è molto cara.»

Il monastero di Novadevici è come una fortezza militare, con alte torri rosse. Ma se lo guardi dalla parte del fiume, con quei salici piangenti e il parco intorno, sembra quello che è. Dentro ci tenevano le zarine, quelle respinte, e questo era il loro regno. Era un luogo molto ricco e le chiese dentro sono splendide, ricche delle icone che sono la specialità dei pittori del mio Paese.

Ne abbiamo incontrato uno, in uno dei vialetti interni, che stava dipingendo un acquerello. Su una panchina vicino teneva in mostra i suoi lavori. Proprio belli!

Helena si mette a chiacchierare con lui.

«Si chiama Stefan Antropovic, è un pittore dell'Accademia.»

Lui mostra orgoglioso una tessera, con la sua foto.

«È davvero bravo. Diglielo.»

Mi piacevano molto i suoi acquerelli, soprattutto uno, con le cupole azzurre della chiesa.

«Che ne dici, Dasha, ti piace questo qui? Ce lo vedi appeso alla parete dell'ingresso?»

«Bello. Prendilo, mamma!»

Mamma non sa mai resistere alla tentazione di comprare quadri, quando siamo in vacanza. È la disperazione di papà. Però lui non dice mai di no. Ne avremmo portato a casa un altro, me lo sentivo.

Helena ci aiuta nella trattativa. Davvero un buon prezzo, fa cenno alla mamma. Il maestro Stefan impacchetta il nostro quadro, e poi...

"Ma che fa, ne prende un altro? Ma io ne voglio solo uno!"

Due sono troppi anche per papà.

Helena ci spiega che si tratta di un regalo. Gli ha raccontato la mia storia.

«È un regalo per te» traduce la mamma.

Guardo il quadro: c'è un bosco, foglie gialle, come in autunno, una figura di donna che cammina lontana sul sentiero, si vede di spalle e va verso il suo futuro. Sono io. Grazie.

Poi compere all'Arbat, che è la zona delle bancarelle, perfetta per i turisti. Appunto, per noi. Mamma mi ha comprato un braccialetto di perline gialle, con il mio nome in caratteri cirillici. Un ricordo speciale.

Poi ha comprato una scatola di legno laccata e tutta dipinta. In ogni viaggio ne compra una. Ne abbiamo una piccola collezione, alla Rocca.

Anch'io ho comprato alcune cose da portare a casa. Matrioske per le mie professoresse. Per mio fratello un vero colbacco, e un piccolo fermacarte di cristallo per papà.

Mi mancano. Domani è l'ultimo giorno qui.

«Domattina, Dasha, ti voglio portare a vedere la vera icona di Vladimir: vedrai, è bellissima.»

E ci addormentiamo stanche nel lettone, davanti alla tivù. Proprio come a casa.

*11 settembre*

Oggi è stato l'ultimo giorno in Russia, domani torniamo a casa. Una bella giornata, passata con altri nuovi amici. Anche se c'è stata una cosa terribile a New York. Un attentato, con tanti morti.

In quel preciso momento, quando è successo, noi eravamo sulla terrazza panoramica, in fondo al viale dell'Università. Ci aveva portati Dasha (Dasha come me), una ragazza più grande di me (va già all'università), figlia di un'amica di Helena. Ah, c'era anche un cane, il suo cane, che io portavo al guinzaglio. (Mi piacerebbe molto averne uno tutto per me.)

Eravamo state a casa sua, invitate da sua madre, Ludmilla. Anche lei, come mamma e Helena, fa parte dello stesso club internazionale di donne. Ci erano venute a prendere all'albergo, per accompagnarci a fare una passeggiata in questo posto, che è un po' come il nostro piazzale Michelangelo. Infatti è una collina da cui si vede tutta la città. C'era il sole, le guglie d'oro delle cattedrali risplendevano, e anche la Moscova brillava con le sue grandi curve solcate dai battelli.

Erano le quattro, e mamma ci faceva una foto sulla terrazza panoramica. E tutto sembrava normale. Poi il cellulare di Dasha ha suonato: sua mamma ci richiamava a casa, era successo qualcosa di terribile a New York. Era meglio rientrare.

Così saliamo in macchina, e l'autista ci riporta a casa di Ludmilla e Dasha. Lì, alla tivù, abbiamo visto le immagini dell'attacco terroristico di due aerei contro le Torri Gemelle. Una delle torri crollava su se stessa, squarciata da un aereo, in una nube di polvere che ricopriva tutto e si espandeva come un fungo orribile sulla città.

Sembrava uno di quei film catastrofici che piacciono tanto a mio fratello. E invece era vero. Ludmilla ha preso una bottiglia di whisky, e ne ha bevuto un bicchierino con mamma.

Non riuscivamo a capire: la televisione russa era collegata con la CNN. Ma non bisognava sapere le lingue per capire che era un atto terribile di terrorismo. Ripetevano in continuazione le immagini degli aerei che si schiantavano contro i grattacieli, che adesso erano un solo fuoco. Si vedeva la gente che si lanciava nel vuoto. Sembrava la fine del mondo.

So che mamma era preoccupata per i suoi amici che vivono lì. E anche per la nostra partenza, che era fissata per il giorno dopo.

Ludmilla prepara qualcosa, mangiamo in silenzio, gli occhi fissi sul televisore che ci porta quelle angosce dentro casa e dentro i nostri cuori.

Siamo rientrate presto in albergo. Mamma ha telefonato per avere informazioni sui voli. Ha chiamato anche l'agenzia in Italia e papà, che cerca di tranquillizzarci.

«Non preoccuparti, mi informo io. Se ci sono problemi all'aeroporto, ti telefono.»

Ma nessuno sa niente.

La sera comunque siamo andate all'appuntamento con Anna, l'interprete russa.

Puntuali, saliamo sul pullman. Ci accoglie calorosamente:

«Anna, che piacere rivederti! Ciao, Dasha! Dai, salite, iniziamo il giro di Mosca. Vedrete, quante belle cose.»

È stato bellissimo, la città con le sue luci… e poi stare con un gruppo di italiani in quella sera così piena di terribili notizie.

Al ritorno, siamo passate vicino a un grande edificio, tutto illuminato.

«È l'ambasciata americana.»

Le luci erano tutte accese. C'era una fila di moscoviti che venivano a portare dei fiori davanti agli alti cancelli d'ingresso. Sembravano molto commossi.

Mamma mi spiega che purtroppo anche in Russia sanno bene che cosa vuol dire il terrorismo, e come fa piangere. I terroristi ceceni hanno fatto esplodere una bomba nel nuovo centro commerciale vicino al Cremlino, proprio all'ingresso della stazione metropolitana. Proprio quello dove siamo state in questi giorni a mangiare.

Ci sono stati tanti morti, e tanto dolore in molte famiglie. E adesso loro si sentono vicini ai loro amici americani.

Una cosa proprio da toccarti il cuore, tutti quei fiori e quella gente.

*12 settembre*

Oggi siamo partite. Ma c'è stato il tempo per un'ultima gita: un giro in battello sul fiume Moscova. Il fiume è immenso, e il battello costeggia tutta la fortezza, poi passa sotto gli alti ponti, quasi toccandoli. È stato bello e riposante: niente passeggiate e niente musei.

Nessun problema con l'aereo. Mamma aveva un po' paura, ma tutto è andato bene.

Adesso facciamo il viaggio all'incontrario: lasciamo Mosca e torniamo a casa. Ma non sarà l'ultima volta. Torneremo.

L'autista ci chiede com'è andato il viaggio. È lo stesso che ci ha portate in albergo all'andata, che cosa strana. Anche lui si ricorda perfettamente di me. Un altro amico.

All'aeroporto non c'è da fare molta fila, stavolta, e non ci sono tanti controlli. Sono stata fortunata, il mio posto è di nuovo accanto al finestrino.

La prossima volta che torniamo in Russia, spero di poter ritrovare i miei fratelli. Era a loro che pensavo, guardando fuori dal finestrino. Chissà dove sono, e cosa fanno... uno ha l'età di Andrej.

Ne ho parlato con la mamma, durante il volo. Dal finestrino si vedevano ancora una volta tutte quelle case, e poi i laghi e le foreste. È proprio bello, il mio Paese.

«Sai, mamma, sono triste perché non so dove si trovano i miei fratelli.»

«Hai ragione, tesoro.»

«Credi che siano sempre in Russia? O forse saranno stati portati via come me, dall'istituto e poi adottati?»

«Proprio non lo so. Certo è molto probabile che anche uno di loro sia stato adottato. Forse un giorno riusciremo a trovarli.»

Potevamo contare sull'aiuto di Helena. Lei si era offerta di contattare una trasmissione televisiva, molto seguita anche fuori dalla Russia. È una specie di *Chi l'ha visto?*. Serve per far ritrovare la gente che si è persa. Sembra che funzioni.

«Che ne dici, le diciamo di provare?»

«Per me va bene.»

Stiamo aspettando.

Di mio padre invece non ho saputo niente. Nemmeno il nome. Vorrei sapere qualcosa, chi era, cosa faceva. Certo non è una gran persona, uno che lascia sola la moglie con i figli... Non è come il mio papà di adesso. Lui non lo farebbe mai.

Neanche questa volta riesco a mangiare. Mamma m'infila lo snack nello zainetto, non si sa mai, mi venisse fame più tardi.

Ma io ho dormito tutto il viaggio.

Appena arrivate a casa, dopo infiniti baci e abbracci (ma quanto siamo state via?), mamma telefona a New York. È molto tardi, ma là è solo pomeriggio.

Era molto preoccupata.

Le ha risposto la sua amica. Ho ascoltato anch'io, col viva voce:

«Sì, io sto bene. Ma tu come stai? Come è andata in Russia? Cosa hai trovato? È bello sentire la tua voce, ero un po' preoccupata. Ma scrivimi tutto per e-mail, subito. Sì, anch'io ti racconterò tutto. Va' a letto tranquilla, Anna, io sto bene.»

Io non ho neanche aperto la valigia. Troppo stanca. Ma la mia camera era lì, ad aspettarmi. Proprio come l'avevo lasciata. E anche Andrej:

«Allora, com'è andata?»

«È andata che ho due fratelli.»

«Due fratelli?»

Forse non ero troppo stanca. Avevo tante cose da raccontargli.

Poi è venuto papà a rimboccarmi le coperte:

«Buonanotte. Dormi bene, stellina.»

È bello essere di nuovo a casa.

# IL RITORNO

## Castiglione della Pescaia, Italia

*Che il mio amore come un raggio di sole*
*ti pervada e ti doni la libertà della luce.*
Tagore

Si può piangere anche senza lacrime, così come si può gridare anche in silenzio. Sono quelle, le lacrime e le urla che fanno più male.

Dasha non aveva mai pianto, nei nostri giorni in Russia.

Io le dicevo: «Se vuoi piangere, io sono qui» in quelle difficili notti insieme, dopo aver visitato la tomba di sua madre.

Lei mi rispondeva: «Sì, io voglio piangere.»

Ma non lo faceva. Non ci riusciva.

Solo una volta tornata a casa, ha pianto. Ma non è stato a casa nostra, né con me.

È stato a scuola, da sola durante l'intervallo della ricreazione. Mi ha detto ogni cosa ieri, al solito quando non potevo aspettarmelo (i ragazzi fanno spesso così), in un momento qualunque della nostra giornata.

A cena in una pizzeria, vicino a Castiglione. Eravamo lì, ieri, per tagliare l'erba già alta del nostro giardino e per cercare un albero da piantare... il nostro primo piccolo albero.

Andrej si era alzato: «Vado a vedere al bar (... se hanno dei giochi).»

È appena tornato da Francoforte, dove ha frequentato una settimana di un progetto di scambio europeo, ed è in piena crisi di astinenza da giochini.

Così, sparito Andrej, e Sergio occupato con il suo dessert, Dasha è venuta verso di me e mi ha abbracciata.

«Mamma, ogni giorno io piango a scuola, sola sul mio banco, pensando a mia madre.»

«Oh, piccola, tesorino mio. Sei così triste.»

«Sì, sono triste. Mi manca tanto mamma Nadezhda.»

«Lo so, hai ragione.»

«Mi mancano le sue coccole.»

«Certo, piccolina.»

Una pausa e poi riprendo: «Adesso tu hai me.»

Un momento così commovente, in una pizzeria.

Ma è stato bello e perfetto.

Se sono stata capace di comprendere tutto questo è stato solo per gli amici che ho incontrato e per le cose che mi hanno insegnato. Adesso so che è tutto vero, che la cosa più importante del mondo è sapere di essere stati amati, e prima di tutti da chi ci ha dato la vita. E di potersi riconoscere fisicamente in lei, in nostra madre.

Quando Dasha ha detto, in quel modo tutto suo di rovesciare le cose: «Io sono felice perché adesso so che mia madre mi somigliava» voleva dire: "Sono felice perché so a chi somiglio, finalmente. Io somiglio a mia madre. Adesso mi vedo nello specchio e mi riconosco, così come tutti in Russia hanno riconosciuto me, proprio perché somiglio a mia madre. Anch'io adesso, finalmente, sono vera."

E tutto il dolore che mia figlia ha dentro è il dolore per la sua perdita, è il trauma di essere stata separata da lei, anche se viveva in una situazione difficile. Da quella stessa madre che pure la stava facendo morire, così come stava lasciando morire se stessa.

Io ho perfettamente chiara la profonda verità di tutto questo. La separazione, il distacco dalla madre e dal mondo conosciuto per andare in quell'ambulanza verso una destinazione ignota, era il trauma. Quel viaggio, la sirena, l'ospedale sono stati il suo incubo ricorrente per anni.

Forse adesso tutto questo avrà fine. Forse adesso tornerà a ricordare. Magari non subito, magari non tutto. E sarà quando meno ce l'aspettiamo, in uno di quei momenti qualunque della nostra vita quotidiana, magari mentre le lavo i capelli.

E già sto male adesso per i ricordi che potranno affiorare, per il dolore che ancora conserva, nascosto, profondo nella sua pancia. E non so se ce la farò a sostenerlo. Ma so che sarò lì accanto a lei, a mia figlia Daria/Dasha.

Adesso è il momento della perdita. Per lei, come per me, è come se sua madre fosse morta ieri, e la gente non capisce. Nessuno capisce questa strana cosa della perdita di una madre che madre non era più, perché la mamma di Dasha è italiana, si chiama Anna, ed è affettuosa e sempre al fianco di sua figlia. La gente non capisce che c'è stata e c'è anche un'altra mamma che si chiama Nadezhda, e che è morta appena ieri, ed è sepolta sotto un metro di terra nel bosco di Stepantsevo. Per la gente è solo una madre cattiva, che l'ha abbandonata. Come si può piangere una madre così?

E invece questi sono i nostri giorni della perdita e del lutto. Giorni difficili e tristi, anche quando si sorride. Giorni lunghi e freddi, anche se fuori c'è ancora un caldo sole.

E tutte le volte che si perde qualcuno si dovrebbe poter fare un rito, per ricordare e per piangere. Per questo si fanno i funerali, e si prega e si piange in chiesa e si brucia l'incenso, quel fumo che ci entra dentro fino a stordirci.

Ma non è facile in una storia di adozione. Non ci sono riti per le perdite. Eppure le perdite ci sono, ed è forte il bisogno di un momento per fermarci a capire, a piangere. E c'è bisogno di dare un senso al dolore.

Allora si può inventare.

«Mamma, accendiamo una candela?»

Ne avevamo accese tante, la prima proprio a Vladimir, nella cattedrale della Dormizione, e poi nel monastero a Bogoliubovo. E a Mosca, nella nuova grandissima cattedrale della Resurrezione, da poco ricostruita sul sito dove i comunisti l'avevano già distrutta una volta per farci una piscina.

Una candela, una preghiera per mamma Nadezhda. Nelle chiese ortodosse davanti alle icone ci sono le candele: davanti a un'immagine della Vergine quelle che si accendono per i vivi, davanti a un santo quelle che si accendono per i morti. A ognuno una preghiera diversa, di protezione per i primi, o di un eterno riposo per i defunti.

Ma non era bastato. Così la sera avanti, a casa, ne avevo accesa un'altra:

«Questa è per mamma Nadezhda, l'accendiamo e la lasciamo qui, sul tuo comodino, a illuminarti la notte.»

Ma avevo preparato un rito per il giorno dopo.

Più completo. Avevo comprato le candele, ce ne volevano tre.

«Sì, oggi ne accendiamo tre. Vieni. Dove vuoi che lo facciamo? In camera o in sala?»

«In sala.»

Allora ho preso le tre candele bianche:

«Queste candele sono tre: una per mamma Nadezhda, una per me, e una per te.»

E ho acceso la prima, e l'ho messa nel piccolo candeliere di bronzo.

«Questa è per mamma Nadezhda. La sua luce è il suo amore per te, che ti ha accompagnato per tutto il tempo della sua vita.»

L'abbiamo guardata in silenzio. Poi con la prima ho acceso la seconda:

«Mamma Nadezhda ha passato il suo amore per Dasha a mamma Anna.»

Due fiammelle a inondare di luce i nostri volti.

«Poi purtroppo mamma Nadezhda è morta.»

Ho soffiato sulla prima candela, spegnendola.

«Preghiamo per lei.»

Dasha è rimasta in silenzio.

«La candela di mamma Anna è luminosa e splende per Dasha. Anche mamma Anna passa la sua luce a Dasha» ho detto, dando a Dasha la terza candela, e accendendola con la mia.

«Quando vuoi, quando avrai anche tu dei figli, passerai questa luce e questo amore a loro, così come mamma Nadezhda e mamma Anna hanno fatto con te.»

Le nostre luci splendevano insieme e rischiaravano la stanza. Siamo state un po' in silenzio, poi ci siamo abbracciate, finalmente piangendo.

Mamma Nadezhda era con noi.

Mi piacciono molto le candele. Vorrei sempre accenderne una quando entro in una chiesa. Forse è per via che sono russa, e i russi accendono sempre le candele. Ora lo so. Ce ne sono tante in quelle chiese, accese di fronte alle icone dorate. Ne infilano una nella sabbia, o in un candeliere, e pregano in silenzio. Di questo viaggio mi ricorderò tante cose, anche queste piccole candele. E la minestra di patate che ho mangiato nell'ospedale dove sono nata. Era quello il sapore che ricordavo!

Forse ricorderò altre cose di quei tempi, anche se per adesso è ancora tutto confuso. Ma è stato bello vedere che gli altri si ricordano di me e di mia madre. E mi è piaciuto quando mi hanno detto che somiglio molto a lei.

Mamma Nadezhda è esistita davvero, e anche Dasha. Adesso lo so.

E c'è scritto in una pagina, la mia pagina, in quel libro delle nascite che conservano nell'ospedale dove sono nata, a Stepantsevo. E che nessuno mai potrà cancellare.

Andrej ha fatto un tema, a scuola: *Un viaggio che mi piacerebbe fare*. Ha scritto:

"Un viaggio deve essere piacevole, in modo che lo si possa ricordare."

Ero un po' preoccupata. Forse lui si sentiva escluso da questa storia. Forse geloso per essere stato lasciato da parte.

La sua reazione invece è stata diversa. Mi ha guardato, il viso ombroso, Dasha gli aveva parlato dei suoi fratelli, e gli aveva snocciolato quei nomi: estranei ma fratelli.

«Io non sono più suo fratello! Lei ne ha due!»

Gli ho risposto: «Chi è la tua mamma, oggi, la tua mamma russa o io che sono qui accanto a te adesso?»

Silenzio.

«Così è per Daria: i suoi fratelli russi oggi sono solo fantasmi del suo passato. Neanche se li ricorda. E forse non ci ha mai vissuto insieme. Oggi ci sei tu qui accanto a lei. È questo che conta. Tu sei suo fratello così come io sono tua madre.»

«Già!» ha detto, con gli occhi spalancati. Ha capito. Non ne abbiamo riparlato più.

Gli ho chiesto, più volte: «Vuoi ritornare in Russia, vuoi cercare anche tu?»

Una sola risposta, sempre la stessa: «No, non m'interessa.»

Forse a frenarlo è la consapevolezza di non avere nessun dato, come invece Daria, da cui partire. Nessun nome, solo la sua data di nascita: aveva quindici giorni quando fu lasciato nell'istituto di Mosca. Nessuno si è mai fatto vivo, così ci hanno detto.

Anche se talvolta lui mi ha raccontato di una coppia che veniva a prenderlo, gli portava le caramelle e se lo portava a casa, a trascorrere una giornata insieme. Lui, i primi tempi, ne parlava come dei suoi genitori. Un'aspirazione, forse, più che la realtà.

Ma mi raccontava anche di scene di violenza a cui si ricordava di aver assistito in quella casa, una persona che ferisce un'altra con un coltello. Ricordi troppo brutti per aver voglia di cercare.

Il primo Natale passato con noi scrisse una letterina a Babbo Natale:

“Penso spesso ai miei genitori in Russia. Se volessero cercarmi, non potrebbero trovarmi.”

Mi stupì. Conoscevo bene solo il suo desiderio: essere amato, non essere più solo. Adesso lui mi insegnava la sua confusione, il sentirsi perso in un Paese nuovo, con degli sconosciuti. Noi. Aveva nove anni.

Oggi ne ha diciotto, e sa di non essere più solo. Ha anche una sorella. Vera.

Spesso la gente mi chiede: «Sono fratelli?» perché non si somigliano molto. Dasha bionda, lui rosso di capelli. Lei occhi grigi e i lineamenti un po’ asiatici, lui occhi verdi su un profilo da americano. È buffo, lo so, ma lo prendono sempre per un turista americano quando passeggiamo per il centro, tra le bancarelle del mercato di San Lorenzo.

«*Can I help you?*»

Noi ci ridiamo sempre su.

Ma dentro è russo al cento per cento. Carattere passionale, malinconico, alti e bassi come sulle montagne russe, appunto. Generoso ed egoista. Tutto il contrario di Dasha, generosa fino all’annientamento.

I primi tempi alla domanda: «Sono fratelli?» rispondevo: «Sì, ma non di sangue.»

Adesso rispondo più semplicemente: «Sì.»

Andrej mi chiede di Mosca, la sua città. A Mosca ho visto tante cose belle, come il Cremlino, i grandi viali, il fiume che è quasi il doppio del nostro. Ma anche cose tristi. Come i barboni a cui davo la nostra colazione. Di barboni ce ne sono tanti, nelle strade del centro. Ed è una cosa davvero triste. Cercano da mangiare nei cestini dei rifiuti, o se ne stanno lì seduti sui gradini di qualche metropolitana o vicino a qualche fast food.

Ma nessuno dà loro niente, nemmeno una piccola moneta.

Sembra proprio che alla gente non importi se qualcuno non ha niente da mangiare, se è costretto a dormire fuori, in strada. E ora è caldo. Ma come faranno d'inverno? Dove andranno a dormire quando ci sarà la neve e il gelo?

E se hanno dei bambini? Dove andranno a finire i loro bambini?

È proprio come ha detto Jeanne, c'è tanta gente senza lavoro e senza casa, nel nostro Paese. Molta gente sfortunata, senza più speranza, come mia mamma. Adesso capisco com'è stato. E perché.

Questa è stata la parte più triste del viaggio.

## Parigi, Francia

A Parigi c'è una grande chiesa, bianca, in cima a una collina: si chiama Sacré Coeur (che tradotto vorrebbe dire il Cuore di Gesù), si trova nel quartiere degli artisti, Montmartre, pieno di pittori.

Ci siamo saliti il nostro primo giorno a Parigi insieme, durante la prima vacanza di tutta la famiglia all'estero, organizzata da papà.

«Per i morti c'è un ponte, potremmo andare a Parigi!»

Papà dice che la prima volta che lui disse una frase simile, io ero piccola, stavamo attraversando il ponte alla Trinità e io gli dissi:

«Ponte? Ma ci siamo adesso, sul ponte dell'Arno.»

Adesso so che cosa significa ponte: una vacanza più lunga, con un giorno di scuola nel mezzo trasformato in vacanza.

«Però ci vuole la giustificazione, a scuola...»

A papà bisogna ricordargli sempre le cose, se no se le dimentica, e a scuola si arrabbiano con me.

«Certo, quando torniamo ti faccio la giustificazione, così la porti a scuola.»

«Bene.»

Allora possiamo andare.

Così abbiamo organizzato il viaggio, anzi così papà ha organizzato il viaggio: in aereo da Peretola, e già a Parigi dopo solo due ore. Nemmeno il tempo di pensarci, scendi, sali su un autobus, e arrivi in centro. Io e mio fratello eravamo tutti eccitati, cinque giorni pieni per girare e vedere tante cose nuove, e poi dormire da soli in una camera d'albergo!

Avevamo in programma anche una giornata a Versailles, la reggia dei re. Ma per fortuna anche un intero pomeriggio per fare shopping ai grandi magazzini. L'albergo era proprio nel quartiere di Montmartre. Il tempo di sistemare le valigie nelle camere (nella nostra c'era anche il televisore!) e partiamo subito a vedere la città, destinazione questa cattedrale del Sacré Coeur. Ci si sale con una lunga funicolare: buffo, come se si dovesse andare in montagna. In pochissimi minuti si arriva alla base della lunga scalinata.

In cima, dalla collina, si vede tutta la città, le strade, le cupole del Louvre e tanti alti grattacieli sullo sfondo, e la Tour Eiffel a destra.

In questa chiesa ci viene tanta gente a pregare, e ci sono molte candele di fronte a due piccoli altari. Vicino c'è anche una cappella tutta piena di souvenir.

Mi avvicino per vedere meglio. Su un piccolo banco, alcuni oggetti regalo, tra cui qualche immagine della Madonna. C'è anche l'icona della Madonna di Vladimir. Proprio la mia Madonna di Vladimir. Era come se qualcuno l'avesse messa lì apposta per me, come per dirmi: "Non devi avere più paura. Non sei più sola."

Tiro la mamma per una manica:

«Guarda, mamma, la nostra Madonna...»

Compriamo alcune cartoline ricordo.

«Sai, mamma, a scuola piango ancora, ogni giorno. Penso a mamma Nadezhda. Ma non dico niente a nessuno, solo alla professoressa di inglese. Questa è una cosa solo mia e tua. Non è nemmeno del babbo o di Andrej.»

«Sei ancora molto triste, vero?»

«Sì, mamma. Ma adesso ci sei tu, e io non ho più fame né freddo. Ci sei tu che mi nutri, e mi lavi i capelli, e mi fai le coccole. E mi vuoi bene.»

Gli occhiali da sole nascondevano le mie lacrime. Un groppo alla gola che si sciolse solo fuori, sulla gradinata di quella cattedrale, di nuovo al sole, insieme.

Talvolta le emozioni sono così forti che non ti basta il cuore che hai per sostenerle. È allora che ti accorgi quanto la vita può essere meravigliosa, anche nel dolore, se hai il coraggio di comprenderlo.

L'amore ha una forza irresistibile, quando lo riconosci e quando lo fai riconoscere. E tra noi, che ci siamo riconosciute come madre e figlia, c'è qualcosa che va oltre questo legame. Nient'altro che l'amore.

E da mamma Nadezhda, come dentro un cerchio, tutto quell'amore di Dasha è passato oggi verso di me.

Semplicemente.

## Firenze, Italia

«Chissà se anche mamma Nadezhda mi lavava i capelli e mi faceva le trecce come mi fai tu» mi dice, mentre cerco di pettinare i suoi capelli, finissimi, tutti aggrovigliati come al solito. Lei non se li pettina mai. Non ha tempo, e le sue mani non hanno ancora l'abilità e la pazienza per queste cose.

«Certo...»

«E le coccole? Mi faceva le coccole come te?»

«Certo...»

«E mi portava fuori in passeggino?»

Dasha continua a non ricordare, anche se vorrebbe. Ma solo le cose belle, quelle che vale la pena di ricordare. Sua mamma, e i momenti felici.

E parliamo del nostro viaggio, del suo ritorno, degli affetti ritrovati. Dei tanti amici che sappiamo, adesso, di avere lì. Quelli vecchi e quelli nuovi. E il ricordo porta pace dove prima c'era solo confusione e dolore.

Ed è più facile ricordare per noi, oggi.

È arrivato un pacco. Ce l'aveva anticipato Jeanne.

Quando siamo partite da Stepantsevo, la voce si è sparsa al villaggio. Le dottoresse dell'ospedale hanno parlato di noi, del nostro miracoloso ritorno, e hanno invitato tutti a portare notizie e foto della famiglia di Dasha. Così molti sono andati all'ospedale, e hanno portato alcune foto. Preziose.

Il giorno che Jeanne, con Alya, è andata a Stepantsevo a mettere la nuova lapide sulla tomba di Nadezhda, ha visitato anche l'ospedale. Alya le ha presentato tutti. È stata accolta festosamente, e ha raccontato ancora una volta la nostra storia, che è stata ascoltata con commozione. Le hanno dato una lettera per me, e tutte le foto e le notizie che hanno potuto raccogliere. C'era perfino il sindaco.

"Tra qualche giorno ti arriveranno. In una, Dasha ha tre anni e mezzo, due sono di suo fratello Sergej a tre anni, insieme ai suoi compagni di scuola. In un'altra c'è mamma Nadezhda quando aveva sedici anni. E in una è incinta di Dasha. Accanto a lei c'è un uomo. Forse è il padre di Dasha. Ma nessuno sa niente di lui. Sembra che Nadezhda vivesse da sola con i tre figli. Adesso sappiamo la sua storia. Era orfana, ed era venuta via da Perm per lavorare nella fabbrica tessile. Ma non era stata fortunata. Una volta senza lavoro, aveva perso i figli, la salute. Sono riuscita a scoprire anche la data della morte. Nel 1993. Aveva solo trentun anni. Il 17 luglio del 1993."

Proprio nei giorni in cui eravamo a Vladimir, a prendere Dasha, sua figlia.

Come un passaggio di consegne.

Apro il pacco con impazienza ma anche con pudore. Quasi non riesco a vedere le fotografie, colpa delle lacrime. Cerco la foto di Nadezhda con Dasha dentro di sé. Ancora solo una promessa di vita.

Si vede che era estate, perché indossa un vestito leggero a fiori. Forse si trattava di un giorno speciale. Sì, ha proprio una bella pancia rotonda.

Regge un mazzo di fiori. Sembrano del genere che sbocciano in primavera, forse di campo. Dasha è nata in settembre, dovevano essere gli ultimi mesi. Al suo braccio un uomo, la sigaretta in mano, jeans e scarpe da ginnastica, capelli un po' lunghi, e la maglietta corta. La donna sorride: un sorriso triste, contenuto.

La guardo meglio, è la mia prima volta. Ha i capelli biondi, gli zigomi alti, un po' pronunciati, gli occhi chiari. Mio Dio, come somiglia a Dasha!

È giusto, ed è bello che sia così.

C'è anche una foto del cimitero, si vede la nuova lapide, quella che abbiamo fatto fare, appena ricoperta da un sottile strato di neve. Si legge bene la dedica: "Con amore, tua figlia Dasha".

"Al villaggio, abbiamo trovato la prima neve. Era bello, il bosco, appena imbiancato. Abbiamo pregato" mi aveva scritto Jeanne. C'eravamo date una specie di appuntamento per poter pregare anche noi, quel giorno, insieme. Noi in Italia, lei in Russia. Non era così lontano.

Mi vesto e mi precipito a scuola, a prendere Dasha, come avevamo stabilito:

«Mamma, quando arrivano le foto dalla Russia, me le porti subito?»

È mezzogiorno. Una grande giornata. La faccio chiamare dalla portineria, arriva subito di corsa, eccitata:

«Sono arrivate!» le dico.

Ci infiliamo in macchina, e apro di nuovo la busta. Dasha è emozionata. Le guardiamo in fretta. Non ci vengono le parole.

Ma poi a casa, sul lettone, con più calma, le guardiamo e facciamo tutte le nostre considerazioni.

«Come era bella!»

«Davvero. E come le somigli!»

«E questo chi era?»

«Forse tuo padre, ma non si sa bene.»

«È stato cattivo a lasciare la mamma da sola.»

«Già.»

«Poi questo qui nella foto non mi piace per niente.»

«Neanche a me. Per quello che ne sappiamo, potrebbe anche non essere tuo padre.»

«Giusto. Mi basta sapere di Nadezhda. La mia cara mamma. Che mi voleva tanto bene.»

Le foto sono in bianco e nero, un po' stropicciate. Chissà quanta storia, quante mani, prima di arrivare fino a noi. È quasi una magia, un miracolo. Le guardiamo con stupore e con timore reverente.

Ed è incredibile quanto si somiglino. Comprendo adesso la facilità con cui tutti hanno riconosciuto Dasha. Oggi che ha quattordici anni è il ritratto di sua madre.

Una somiglianza davvero incredibile.

Ma no. È perfettamente normale. Ogni figlio somiglia a sua madre.

È solo che spesso un ragazzo adottato non ha alcuna foto dei propri genitori, e così noi non vediamo la somiglianza. E tutti a dire: ma come somiglia ai suoi genitori (adottivi!), stesso sorriso... Che stupidi! E così facendo togliamo qualcosa che appartiene invece solo a loro.

Decido di fare copie delle foto appena arrivate, per metterle in camera di Dasha, in cornice. Le appendo sul suo letto: sua mamma col pancione, e lei a tre anni, con quel grande fiocco in testa, una accanto all'altra. Come è giusto.

Stanno bene insieme. Finalmente.

Adesso anch'io posso guardarmi allo specchio, come Penny, e vedere a chi somiglio: i miei occhi sono un po' stretti e allungati, proprio come quelli di mia mamma Nadezhda. Anche il mio viso ha la stessa forma del suo: quadrato, con gli zigomi alti. Lo stesso colore dei capelli, e forse degli occhi. Dalla fotografia si vede che erano chiari. I capelli, biondi, li portava come li porto io adesso, con la frangia sulla fronte, e lunghi, legati dietro con una coda di cavallo.

Era bassina, proprio come me, che sono alta un metro e cinquantatré e negli ultimi due anni non sono cresciuta neppure di un centimetro. Ahimé, neanch'io diventerò molto più alta di quando sia adesso...

Nel mio Paese tutte le ragazze sono bassine come me. Ad esempio Alya, anche se è più grande, è alta quanto me. Ma è molto bella lo stesso, e tutti si innamorano di lei.

Però io vorrei essere più alta, come mia mamma Anna.

Qualche volta la gente ci dice che noi due ci somigliamo molto. Perché di mamma Anna ho lo stesso modo di sorridere e di parlare.

Ma certo non è come con la mia mamma russa, perché io sono nata nella sua pancia. Come Chiara da zia Cristina. Proprio uguale. Perché ogni bambino somiglia alla sua mamma. Anch'io.

E adesso ho anche una foto che lo dimostra. E me lo ricorda.

Sono felice.

Ho scritto a Penny. Lei può capire, ha cercato come me. "Si può appartenere a due famiglie e avere due mamme, ma non si può non appartenere a nessuno. Come Pinocchio."

Ieri, 8 marzo, era la festa della donna. L'abbiamo festeggiata insieme, io e Dasha. Ormai ha quindici anni, in questi due anni è un po' cresciuta, un po' no. Un po' bambina, un po' adolescente: uno strano miscuglio. Ed è sempre più bassa rispetto alla maggioranza delle sue coetanee. Dimostra sempre due buoni anni di meno, e frequenta ragazzi di quell'età. Quando li frequenta.

La sua vita è spesso più solitaria: non è facile trovare amici quando si hanno storie così diverse, e un mucchio di inadeguatezze rispetto agli altri. Quando la nostra mente viaggia più lenta, e il nostro corpo fa ancora fatica a esprimersi. Ma sta sbocciando come un fiore, delicato e raro. Ne siamo tutti consapevoli. Intorno a lei c'è sempre molto affetto e protezione.

Ha sempre ancora tanto bisogno di me e di coccole: ma quando mai si riempirà quella sua fame di mamma? È una cosa che mi spaventa un po', perché non la vedo ancora sicura e autonoma come vorrei. O come ricordo me stessa alla sua età.

Ma lei è diversa, perché la sua storia è diversa. Lo so.

Qualche volta anch'io vorrei dimenticarlo, e giocare a far finta che è tutto uguale, che io sono la sua unica mamma, senza strappi e dolore. Come faceva anche lei: «Giochiamo che io sono la tua bambina, per finta. E che tu mi allattavi.» E mi sfiorava il seno con le dita, e poi con le labbra.

Ieri per la festa della donna c'era una recita, a Firenze, nel salone dell'Istituto degli Innocenti. Per chi voleva, c'era anche una visita guidata al museo dell'istituto.

Ovviamente la mamma voleva andarci. Che barba, lei ha proprio la fissa dei musei. Però sembrava che stavolta si trattasse solo di una festa, e magari avrei incontrato qualche amica per chiacchierare, poi c'era il rinfresco... forse non era troppo noioso.

Ma mi toccò la visita al museo.

«L'Istituto degli Innocenti è la prima casa dei bambini costruita in Europa, così come la concepiamo noi oggi» ci spiegava la guida. «Era il 1400, e i membri dell'Arte dei setaioli, ricchi commercianti fiorentini, incaricarono il più grande e famoso architetto di quel tempo, il Brunelleschi, di progettare un edificio che accogliesse i gettatelli, come venivano chiamati allora i bambini abbandonati della città.»

Ci spiega che a quell'epoca i bambini abbandonati erano molti. Alcuni venivano da povera gente, altri erano figli di ricche donne borghesi, nati fuori dal matrimonio. Tutti sarebbero finiti sulla strada perché, in un modo o nell'altro, le mamme non li potevano tenere.

«Ci voleva un luogo che accogliesse tutti questi neonati, e un ospedale che si occupasse di loro così come dei più poveri e deboli della città. Inoltre i ricchi commercianti volevano anche dimostrare il loro attaccamento alla città con un'opera di beneficenza che fosse anche un pubblico ringraziamento a Dio per le loro ricchezze.»

Noia. Passò poi a descrivere come l'architetto aveva progettato il luogo, pensando proprio ai bambini che avrebbe ospitato. E qui la cosa divenne più interessante. Infatti le finestre le fece fare tutte più basse del normale, così i ragazzi potevano affacciarsi e vedere la grande piazza fuori, e la gente.

Perché neanche loro, come me, uscivano mai dall'istituto e la vita che scorreva fuori potevano solo vederla dalla finestra.

«Infatti restavano chiusi qui dentro fino all'adolescenza, quando venivano accolti in qualche fattoria a lavorare, magari adottati.»

Non ne potevo più. Trovai una comoda panca e un'amica con cui chiacchierare.

La guida continuava a illustrare i vari dipinti raccolti in quel museo, e si soffermò su una grande tela che dominava tutta la sala: «Passiamo a esaminare un'altra opera dipinta proprio per questo istituto. Si tratta della Sacra Famiglia... in essa il bambino abbandonato è visto come Gesù.»

Mi rimisi ad ascoltare. Era vicino a una copia di

quel dipinto nel quale i bambini venivano lasciati all'esterno dell'edificio, sotto il porticato. Lì venivano subito raccolti dalle suore, attraverso una finestrina visibile ancora oggi, dopo tanto tempo. È protetta da una grata, tanto stretta che un neonato ci poteva passare appena. La chiamavano la ruota, ed è stata chiusa solo alla fine del 1800.

E da quella ruota sono passati tanti bambini, e alcuni ancora a Firenze portano nel cognome il segno della loro storia: si chiamano Degli Innocenti.

Ma non era finita qui. Anche il nome, mettevano, ai bambini abbandonati. C'è un ricco archivio che racchiude tutte le loro storie, a cominciare dalla prima che fu chiamata Agata Smeralda. Infatti i nomi venivano scelti tra quelli di un lungo elenco: erano quelli delle pietre preziose. Preziose come loro. Proprio una bella idea!

La guida condusse il gruppo in fondo alla galleria, che era un tempo il dormitorio dei bambini. Ma io ormai non ascoltavo più, era troppo per me. È stata la mamma a chiamarmi, tutta emozionata.

«Dai, alzati, vieni qui a vedere!»

Mi toccò alzarmi. Chissà, forse ne valeva la pena.

Lì in fondo c'era una piccola vetrina, piena di tanti piccoli oggetti.

«Sono alcuni dei tanti piccoli doni che le madri lasciavano nelle fasce dei loro neonati.»

E la guida ci racconta la storia. Si chiamano segnalini, e dovevano servire come segni di riconoscimento per identificare i figli abbandonati, se un giorno fosse stato possibile cercarli. Le suore li hanno conservati per anni, per secoli. Sono piccoli orecchini, uno di due, o piccole collane, ma soprattutto metà di medaglie: l'altra metà, o l'altro orecchino, la conservavano le mamme.

Mi avvicino, emozionata anch'io. In una vetrinetta c'è un sacchettino di tela chiuso con due timbri a ceralacca, contiene forse un messaggio mai letto. Dentro, chissà, ci sono ancora le indicazioni di un nome, e un segno per ritrovarsi.

«Ti è piaciuta la visita al museo?» mi chiede mamma all'uscita, sperando in un mio sì.

Certo. Soprattutto la vetrina con le medaglie e gli oggetti che le mamme lasciavano ai loro bambini. Mi ha fatto effetto.

Perché allora è proprio vero che non si dimentica. Noi figli non scordiamo le nostre madri, anche se non ci sono più, così come loro ricordano sempre noi, i loro figli, anche se sono costrette a lasciarci.

Accadeva ai tempi antichi come succede ancora oggi. È come un cerchio d'amore che dura nel tempo.

Sono sicura che qualcuno di questi bambini ha poi ritrovato sua madre, e lei lo ha riconosciuto proprio per il suo segnalino.

Oggi niente festa. A scuola, a laboratorio di disegno, ho fatto un quadro. Mi piace molto disegnare, anche perché Franchina, la mia prof, è simpatica (e poi è bionda e bassina come me).

Il quadro mi è venuto bene, l'ha detto lei, così l'ho portato a casa, per ricevere un po' di complimenti (e magari una paghetta in più).

Ci sono due bottiglie blu e un vaso giallo, su un tavolo coperto con una tovaglia rossa. L'ho firmato con il mio nome: Dasha Ivanovna Kurakov.

Qualche volta mi sento russa. E qualche volta italiana. Qualche volta mi prende la nostalgia per la Russia, il Paese dove sono nata. Ma non vorrei andare a vivere là. Qui ci sto bene.

Ma mi piacerebbe tornarci. Ci sono ancora tante domande. Chi era mio padre? Forse l'uomo della fotografia che ci hanno inviato? Quello che sta accanto a mia mamma?

Spero proprio di no, lui non mi piace per niente,

è brutto, e fuma. E io non gli somiglio affatto.

O forse non lo vorrei trovare per niente, uno che lascia la moglie e i figli senza aiutarli...

Vorrei sapere dei miei fratelli, invece, dove sono e se stanno bene. Loro mi mancano un po', anche se qui ho Andrej, che è mio fratello lo stesso.

Di uno, Seriogia, ho anche delle fotografie di quando era piccolo e andava all'asilo. Ci somigliamo molto. Logico.

Mi ha scritto ancora Jeanne. Un giornale di Mosca, *Life*, vorrebbe fare un articolo sulla nostra storia, se io do il consenso lei concederà un'intervista.

Do il consenso, a condizione di poter vedere prima il testo. Non si sa mai, con certi giornalisti in cerca di scoop. Voglio che la memoria di Nadezhda, la persona di mia figlia e la sua storia siano rispettate.

Mi inviano il pezzo. Lo leggo. Il giornalista ha fatto anche una ricerca. Scopro nuove cose, non tanto sulla storia della madre di Dasha, quanto sul modo in cui la bambina le era stata tolta.

Dopo alcuni solleciti riguardo alla mancanza di cure prestata alla figlia, l'unica rimastale, le autorità avevano deciso di toglierle la patria potestà.

Un'assistente sociale preleva Dasha dalla scuola materna. Era in classe, con le compagne e la maestra. Quella dolce, giovane ragazza che ho conosciuto proprio a Stepantsevo.

Dasha fu portata via con l'ambulanza.

Era un luogo tranquillo, quella scuola, lei ci stava bene. Probabilmente era l'unico posto buono della sua lunga giornata. Lì c'era anche del cibo, e i suoi amici. Ed era caldo d'inverno. Abbiamo le fotografie, lei con un grande fiocco, e tutti quegli altri bambini teneri come lei.

Mi sembrava di vedere la scena: la prendono così, all'improvviso, lei non capisce, urla. Urla per tutto il viaggio: nemmeno il tempo di capire, di salutare sua madre e gli altri. Uno strappo lacerante.

Non era più ritornata, fino a nove anni dopo.

Mi ha telefonato la direttrice del giornale da Mosca, voleva conoscermi, si era molto commossa nel leggere la nostra storia. Mi ha spedito una copia con l'articolo che ci riguarda. C'è una grande foto di Dasha: "Una bambina adottata torna dall'Italia per cercare sua madre."

Dasha ne è molto orgogliosa: è scritto in cirillico, la sua prima lingua.

«Vedrai, i ricordi affioreranno con il tempo» mi aveva detto Jane. «È un processo lungo e sorprendente.»

Forse sta avvenendo, ma molto lentamente. E talvolta ne ho paura, i ricordi non saranno sempre belli e dolci come i suoi sogni.

Sai, adesso qualcosa mi ricordo. Il cortile in cui giocavo e quel balconcino da cui guardavo gli altri che stavano sotto. Ma non ricordo nient'altro.

Penso sempre a mia mamma Nadezhda e mi dispiace che lei non mi abbia potuto tenere. Qualche volta mi viene da piangere, soprattutto la sera, quando sono a letto.

Avrei preferito restare lì con lei, in Russia, e non lasciarla. Non ti dispiace, vero, se te lo dico?

Ma voglio bene anche a te, e non ti lascerò mai, proprio mai. Per tutta la mia vita.

Adesso vorrei tornare a vedere la tomba che le abbiamo sistemato. Quella croce di legno era così triste...

Ma non voglio tornare nell'istituto e nemmeno nell'ospedale. O forse sì. Ti ricordi quel bambino, nell'istituto, che piangeva? Vorrei rivederlo per sapere come sta. E poi voglio tornare a vedere la tomba della mamma, come l'hanno sistemata, al cimitero.

Così stiamo progettando di tornare ancora una volta, insieme.

È come una storia sempre aperta, la nostra. Torneremo per portare aiuto ai bambini di quell'ospedale di Stepantsevo. E per rivedere tutti gli amici.

Abbiamo imparato che i russi non dimenticano i loro figli, anche quelli che partono per andare lontano, chissà dove, in un piccolo Paese chiamato Italia.

Ma soprattutto non riusciamo a dimenticare quelle mamme e i loro figli in istituto. Perché, come mi ha spiegato Jeanne, è quello l'unico posto dove possono lasciarli, sicure che ci sia qualcuno che possa nutrirli e prendersi cura di loro. L'unico posto che possa evitare loro la morte. Non esiste nessuna forma di assistenza per le mamme, insieme ai loro figli.

Ma per quelle madri inizia una strada in discesa che spesso le porta a morire giovani, uccise dall'alcol e dalla fame.

Adesso anch'io finalmente ho compreso tante cose, anche su me stessa. Molte delle mie ansie si sono placate, o almeno sono cambiate. So per esempio che mia figlia è stata partorita da una mamma che stava bene ed era felice, e che per i primi tempi le ha prestato le cure necessarie. È come riempire uno dei tanti buchi della sua storia.

So che mia figlia, pur nella sua sofferenza, non è mai stata del tutto sola, ma aveva accanto a sé tante persone che in modo diverso si sono prese cura di lei: la vicina, i medici dell'ospedale, la sua maestra, e poi la direttrice e la sua tata nell'istituto. Sono tutte le persone che abbiamo incontrato nel nostro viaggio all'indietro nel tempo.

Ma soprattutto so che sua madre era una donna gentile, troppo sola in un mondo così difficile. Anche lei orfana, cresciuta in un istituto. Come sua figlia.

Ma Dasha adesso ha me. Perché adesso lei è mia figlia.

Stai in pace, mamma Nadezhda.

# NADEZHDA

*Questa è la storia di Nadezhda, ricostruita sulla base delle notizie ricevute e di quelle che continuano a giungerci dopo il viaggio di ritorno di Dasha nella sua terra.*

L'autobus sarebbe passato tra mezz'ora. Bisognava affrettarsi.

Nadezhda corse per le scale, trascinando la sua vecchia valigia di pelle marrone, legata ben stretta con lo spago. Appena il tempo per gli ultimi saluti ai due anziani con cui divideva l'appartamento.

«Certo, vi scriverò, non appena arriverò. È un viaggio lungo. Salutatemi Vlad.»

Vlad era già uscito per andare alla centrale idroelettrica. Era lontana dal paese, bisognava attraversare tutto il villaggio e arrivare fino alla periferia di Perm.

Vlad era bravo, un amico, un operaio specializzato. Ma un posto per Nadezhda non era riuscito a trovarlo. Ci sarebbe stato del lavoro disponibile nelle miniere, ma non era certo adatto per una ragazza come lei. E il piccolo sussidio statale bastava appena a coprire le spese necessarie per il vitto. Vlad poi aveva intenzione di sposarsi, la sua Irina non ne poteva più di aspettare, e quell'unico appartamento di due stanze non era grande a sufficienza per viverci tutti. E poi c'erano anche i suoi genitori, troppo anziani per lavorare, che non voleva lasciare da soli: la loro piccola pensione bastava appena ad arrivare alla fine mese.

Così la ragazza aveva deciso di andarsene e aveva aderito all'invito del segretario del partito del villaggio. Era una buona occasione: c'era lavoro in Russia, e i compagni della regione di Vladimir avrebbero accolto i loro fratelli della regione degli Urali. C'era bisogno di mani femminili, per lavorare nella fabbrica di tessuti.

Si parlava di centocinquanta nuove operaie. La fabbrica era nel villaggio di Stepantsevo, nella campagna della regione Vladimirskaja, duecentoventi chilometri a est di Mosca. Bisognava trasferirsi, per lavorare nella fabbrica. La sezione si sarebbe occupata dell'organizzazione del viaggio, che avrebbero fatto parte in treno e parte su un pullman messo a disposizione per le giovani operaie degli Urali. Un alloggio le aspettava, insieme a un piccolo stipendio, per cominciare. Certo, poca cosa, ma almeno c'era la sicurezza di poter lavorare.

Nadezhda poteva andare, era libera, non aveva nessun legame a Perm. I suoi erano morti che lei era ancora bambina. Non lasciava nessuno, tranne gli inquilini con cui da poco più di un anno divideva l'appartamento: Vlad e i suoi vecchi. Salì di corsa sul treno, prese posto accanto a un'altra ragazza come lei.

Il viaggio sarebbe stato lungo, bisognava traversare tutta la regione degli Urali. Forse avrebbe potuto dormire un poco. Era l'alba, aveva ancora tanto sonno e nessuna voglia di parlare con la sua compagna. Tante cose si teneva strette dentro, la paura e l'ansia per questo viaggio verso l'ignoto, la nostalgia della sua città e delle sue montagne che già la prendeva.

Si tolse il foulard e sciolse i capelli, lunghi e biondi, che di solito teneva stretti in una coda di cavallo. Chiuse gli occhi e cercò di dormire.

E sognò. C'erano prati verdi, alberi, galline e una casa grande e bianca. Un gruppo di gente la salutava, festante.

Il treno sembrava procedere a fatica, ma determinato ad arrivare a destinazione. Due giorni di viaggio, avevano detto. C'era tutto il tempo per dormire, e per continuare a sognare.

Dalla stazione ferroviaria di Mosca proseguirono in pullman. E finalmente arrivarono a Vladimir. Dopo due giorni e due notti.

Era sera. Le ragazze furono alloggiate presso una specie di casa del popolo, in attesa di ripartire l'indomani per la meta finale, Stepantsevo, sede della fabbrica tessile.

Qui le aspettava il colloquio con il compagno direttore del personale. Se tutto fosse andato bene, avrebbero avuto un contratto di lavoro e sarebbe stato loro assegnato un alloggio definitivo. Così spiegò loro l'ufficiale di partito.

Ma Nadezhda era certa che l'avrebbero presa: era giovane, e le sue mani erano abili e svelte. Avrebbe dimostrato a tutti che poteva diventare una brava operaia. Si coricò esausta.

Al mattino il pullman ripartì traballando. Traversò la città, sfiorando le antiche e bianche cattedrali.

Nadezhda non andava mai in chiesa, nessuna ragazza ci andava. Non c'era bisogno della religione né di un Dio. Il comunismo aveva liberato gli uomini dal potere della chiesa e dei preti. Solo le donne anziane qualche volta entravano nelle poche chiese rimaste aperte, per pregare sulle antiche icone. Lo stesso valeva per i cimiteri.

Così la colpì quella grande chiesa bianca sulla collina: certo doveva essere molto antica. Il pullman passò lì vicino, e lei si sporse dal finestrino: sì, era proprio bella la cattedrale di Vladimir.

La sua compagna le chiese se aveva una sigaretta.

«Mi dispiace, non fumo.»

Figuriamoci se poteva permettersi quel vizio. In casa fumava solo Vlad, lui si comprava le sue sigarette, un pacchetto gli durava due giorni.

Svetlana, così si chiamava la ragazza, aveva ventidue anni, era incinta, e voleva partorire lontano da casa. Non avrebbe tenuto il bambino: se ne sarebbe occupato lo Stato, in uno dei tanti istituti.

Nadezhda taceva in risposta alle confidenze dell'amica. Parlava di cose che lei conosceva bene, crescere in istituto non era male: non mancava il cibo né un letto per dormire. Ma certo non era come avere una casa e una famiglia. Se fosse capitato a lei? No, rispose, lei i figli se li sarebbe tenuti. Lei era cresciuta sola, i suoi figli non avrebbero avuto la stessa sorte.

Stepantsevo distava solo quaranta chilometri da Vladimir, ma il pullman procedeva lento su quelle strade. Finalmente, attraversato un bosco di betulle, arrivarono al villaggio. Non era male: c'erano prati, aria di campagna, qualche casetta di legno sulla strada principale la fabbrica, e in fondo l'ospedale.

«Guarda, è lì che farò il mio bambino» disse Svetlana.

Proprio fortunato, non gli sarebbe mancato niente. E Svetlana avrebbe potuto tornare subito al lavoro, come desiderava.

Ma Nadezhda non aveva voglia di ascoltarla. Era curiosa di vedere la fabbrica, e l'alloggio che le avevano assegnato. Scesero dal pullman, che si era fermato su un piazzale polveroso: erano arrivate.

Per entrare in fabbrica si doveva attraversare un pontile di legno, su una specie di laghetto in cui sguazzavano rari pesci grigi. C'era un cancello, grande, di legno, si passava sotto un enorme arco di mattoni rossi e si entrava in un ampio cortile. Ai lati alcuni grandi edifici, la portineria, e poi gli alloggi degli operai, la sala mensa, la fabbrica vera e propria.

Si trattava di fare la revisione dei tessuti per scoprire eventuali malefatte, e di rammendare, all'occorrenza.

«Sai cucire?» le chiese il direttore.

«Certo.»

L'aveva imparato all'*internat*, l'istituto. Là c'era un laboratorio di cucito per le ragazze, mentre i ragazzi si dedicavano a lavori di falegnameria. Sapeva lavorare con la macchina da cucire, anche se quella dell'istituto di Perm era molto vecchia.

«Allora puoi provare, oggi starai con Irina, lei ti farà vedere quello che c'è da fare. Se vai bene, resterai in questo reparto.»

Se no, c'erano altri lavori: al telaio meccanico, a cambiare i fusi, o a caricare le pezze in magazzino. Ma lei si sarebbe adattata a qualsiasi lavoro. Non poteva tornare a Perm, lo Stato oramai non le passava più la retta di assistenza, quella che spettava ai giovani usciti dagli istituti, e doveva mantenersi da sé. Quella era la sua buona occasione.

La casa era bianca, a due piani. Un caseggiato abbastanza recente, che faceva parte di un complesso di tre edifici affacciati su un grande cortile dove razzolavano liberi galline, cani e bambini. All'interno, per una rampa già malandata di scale, si saliva al primo piano. Lì le avevano assegnato una stanza. Il bagno, le mostrarono, era in fondo al corridoio, in comune. Il corridoio era tinteggiato di un azzurro intenso, così come le scale. C'era odore di cucina. Una donna si affacciò:

«Salve, siete le nuove operaie?»

Le aspettavano. Il villaggio era piccolo, e già la voce si era sparsa: tutti sapevano dell'arrivo delle giovani operaie per la nuova fabbrica tessile. La donna si chiamava Helena, era abbastanza giovane e si era trasferita lì da poco, insieme al marito con cui era sposata da un po' più di un anno. Anche loro venuti da fuori, per lavorare. Lo Stato dava una casa ai giovani sposi che venivano a lavorare nel villaggio.

Le mostrò come si accendeva la stufa, in ogni alloggio ce n'era una. Ci voleva la legna, ma non era un problema, ognuno aveva una sua scorta. Se ne voleva di più, si poteva acquistarla al villaggio. Non costava molto, la zona era piena di boschi.

Anche la sua compagna Svetlana si accomodò in quella casa, al piano di sopra. Meno male, non avrebbe retto ad averla ancora intorno.

Appena entrata, Nadezhda sistemò le sue poche cose. La stanza era grande. C'era un letto, un tavolo con due sedie. Sotto la finestra un grande lavandino che ricordava le case dei contadini del suo paese. L'acqua era fresca, quello che ci voleva dopo il lungo viaggio. Le occorreva un'altra sedia. Aprì la dispensa; ovviamente era vuota, mancavano piatti e stoviglie. Doveva procurarseli. Da casa si era portata solo le tazze per il tè e qualche cucchiaino. Svetlana entrò senza bussare.

«Vieni, guarda!»

E la condusse su un terrazzino in fondo al corridoio. Vi si arrivava anche da una scala esterna, molto ripida.

«Guarda, qui possiamo stendere il bucato, con questo sole si asciugherà presto.»

Da lassù si vedevano gli altri edifici, la strada, gli alberi, fino all'edificio rosso dell'ospedale. Tirava vento e l'aria era buona da respirare.

«Vado a vedere se rimedio qualche uovo dalle vicine. Con tutte queste galline in giro, oggi ci facciamo una bella frittata. La prima frittata a Stepantsevo. Ti va?»

E corse via. Nadezhda rientrò nella sua stanza: iniziava la sua nuova vita da sola. Cercò una padella: come fare una frittata senza una padella?

Svetlana tornò con le uova e la padella (l'aveva portata, previdente, da casa), e due fette di pane nero offerte da Helena.

Apparecchiarono sul piccolo tavolo, Nadezhda preparò il tè. Fu un pranzo indimenticabile, il loro primo pranzo nella casa bianca di Stepantsevo.

Sembrava impossibile, con Igor erano stati attenti, e invece no, le analisi non sbagliano: era incinta di tre settimane. Tornò a casa in fretta, non aveva voglia di vedere nessuno, né di dirlo a nessuno. Si sentiva troppo giovane per avere un bambino, e non aveva nessuna voglia di fare la mamma. Diciotto anni sono troppo pochi per un figlio. Voleva sposarsi, migliorare nel lavoro, avere una casa più grande, e magari tornare al suo paese con un po' più di soldi e di fortuna.

E invece era incinta. Doveva dirlo a Igor. Ma domani. Adesso aveva bisogno di un bicchierino di vodka, per tirarsi su. Il liquore forte le bruciò la gola. Si sentiva già meglio: era pronta ad affrontare la notte in quella stanza, da sola.

Al mattino andò al lavoro e fece avere un biglietto a Igor: "Aspettami alla mensa, devo parlarti."

«O il bambino o me. Come pensi di poter fare, avere il bambino e continuare a lavorare?» le disse lui, sbrigativo.

In quel momento lei sentì crescere dentro la sua decisione, quella giusta: «Troverò una vicina che mi aiuterà. Non lo lascerò mai in un orfanotrofio, non crescerà solo come me. Dopotutto è figlio anche tuo.»

Neanche Svetlana sembrava capirla: il suo bambino cresceva bene in istituto a Vladimir, e lei ogni tanto andava a trovarlo. Forse, se tutto andava bene, sarebbe andata a riprenderlo. Ma per adesso ci pensava lo Stato, e meglio di quanto potesse farlo lei.

«Fallo anche tu. Credimi, è più semplice!»

Partorì all'ospedale. La dottoressa le disse che era stata brava. Faceva tenerezza, quella ragazza così giovane e gentile, e tanto sola. Il bambino era un maschio, in ottima salute. Nadezhda lo chiamò Sergej.

Igor non si era fatto vedere.

La giovane mamma era stanca, l'infermiera le portò una minestra:

«L'ho fatta con il cavolo e le patate del mio orto. Ci ho messo anche un po' di panna acida. Sentirai com'è buona.»

Le amiche vennero a trovarla e l'aiutarono a tornare a casa. Svetlana aveva preparato una specie di piccolo rinfresco. Chissà dove aveva trovato la farina e il burro per il dolce. Sì, c'era perfino il dolce. C'era anche Igor.

«Vedi, somiglia a te, ha i tuoi stessi occhi» disse lei, mostrandogli il bambino.

Igor lo prese in braccio e lo alzò: era proprio vero.

L'alloggio sembrava più piccolo, adesso che erano in tre. E le cose non andavano sempre bene. I soldi non bastavano, specie se Igor li spendeva fuori con gli amici. Usciva sempre la sera, diceva che non poteva star lì a sentire il bambino frignare tutta la notte. Rincasava tardi, spesso ubriaco.

Nadezhda riprese presto il suo lavoro alla fabbrica. Era la sua fortuna, su quei rubli ci poteva contare. Ne metteva sempre da parte un po', li nascondeva dietro una mattonella sotto il lavandino della cucina. Erano i suoi risparmi per i giorni di emergenza. Lì Igor non li avrebbe trovati.

Non passò molto tempo, un anno appena dalla nascita di Sergej, e rimase incinta di nuovo. Nacque un altro maschio, Nikolaj. Quella volta Igor se ne andò per sempre. Aveva trovato un nuovo lavoro in città, era l'occasione per lasciare quella stupida campagna e quella famiglia già troppo numerosa. Si portò via le sue cose... Nadezhda corse a controllare il suo nascondiglio segreto: no, quei preziosi rubli erano ancora al loro posto.

Lei poteva continuare da sola. Aveva il suo lavoro, e poi c'erano le sue amiche. Su di loro poteva sempre contare.

E poi c'era Ivan. L'aveva conosciuto alla sala da ballo. Lui era diverso, dolce e affettuoso.

E Nadezhda era ancora giovane, e bella, e piena di vita.

«Sai cosa significa il tuo nome? Significa speranza. E tu non devi perderla mai» le aveva detto la dottoressa Galena, la pediatra, quando aveva portato i bambini alla visita di controllo. Le aveva anche regalato delle uova fresche: «Queste non sono per i tuoi bambini. Sono per te, anche tu hai bisogno di nutrirti meglio!»

Ivan venne a stare da lei. L'avrebbe aiutata. Speranza...

Quell'anno proprio non ci voleva un altro bambino. Due bocche da sfamare erano già abbastanza. E invece Nadezhda era incinta un'altra volta, e quello che guadagnava Ivan proprio non bastava.

Anche il lavoro nella fabbrica tessile non era più quello di una volta, e non bastava più. Adesso che il regime era caduto c'era molta confusione, tanta gente si trovava senza più un lavoro sicuro, e tutto costava più caro per via dell'inflazione.

Girava voce che anche la fabbrica andasse male, e che tutto quanto era di proprietà dello Stato prima o poi sarebbe stato venduto o chiuso. Ma chi poteva comprare quella vecchia fabbrica tessile?

La gravidanza andò abbastanza bene, ormai Nadezhda sapeva cosa l'aspettava, e il pancione cresceva insieme alla consapevolezza che quel nuovo bambino avrebbe trovato il suo affetto, certo, ma poche cure in una povera casa.

«Nascerà a novembre, ricordati di prenderti qualche giorno di riposo, e mangia un po' di frutta.»

La dottoressa Galena gliene mise un po' nella borsa, era merce preziosa. Ma quella ragazza ne aveva bisogno più di lei.

Fu un giorno speciale, Ivan le portò un mazzo di fiori e festeggiarono quella gravidanza con una foto. La scattò un amico e Nadezhda la mise sul cassettone: era la prima foto di Daria, sì, l'avrebbe chiamata così, se fosse stata una bambina.

Quando iniziarono le doglie, andò all'ospedale del paese. Era notte, chiamarono l'ostetrica. La dottoressa arrivò al mattino, la giovane fu portata in sala parto, e la cosa finì presto.

Daria nacque alle dieci, con un urlo forte e chiaro. Fuori iniziava a nevicare.

La dottoressa Katerina Petrovna prese il registro, pagina 26, e scrisse: "10 novembre 1987, è nata Daria Ivanovna K. di Nadezhda K. e di Ivan T." E firmò.

Quando Nadezhda tornò a casa, dopo due giorni, Ivan non c'era. Lo sentì rientrare la notte, ubriaco. Le notizie non erano affatto buone: aveva perso il lavoro, il laboratorio dove lavorava stava chiudendo. Si buttò sul letto, senza nemmeno accorgersi della bambina che dormiva lì accanto.

Erano le cinque del pomeriggio quando arrivò la signora Olga. Era venuta dal centro assistenza di Vladimir. Doveva controllare come stavano i ragazzi, da qualche giorno non si vedevano a scuola, e la maestra si era lamentata, erano così trascurati. Forse lei non aveva tempo per occuparsene? E dov'era suo marito?

Per un po' sarebbero stati meglio in istituto. No, non li avrebbero divisi, sarebbero stati mandati a Vladimir, era vicino, se voleva poteva andare a trovarli. Un provvedimento provvisorio. Era proprio arrivato il momento di ricorrere a quei preziosi risparmi: cinquecentomila rubli. Una fortuna.

«Una fortuna un tempo, mia cara! Cosa ci compri oggi, con quei rubli? Al massimo ci puoi vivere una settimana!» le disse Svetlana. Quei foglietti sparsi sul letto erano solo fogli di carta. Tutto costava così caro! Solo la vodka costava poco. Meno del pane.

Ma Dasha era la sua consolazione. La bambina era sempre così sorridente, e gentile con tutti. Stava ore su quel terrazzino a guardare le galline scorrazzare nel cortile, e poi scendeva a giocare con

Ivan, il bambino di Helena, che aveva pochi anni più di lei. C'era il passeggino della sua sorellina più piccola. Un po' vecchio, ma buono per giocarci. Fu appoggiandosi a quello che imparò a camminare.

«Dasha, Dashenka!» la chiamava Nadezhda. Ma lei era sempre fuori, in casa non le piaceva stare. Tanto la mamma era sempre a dormire, e pareva non accorgersi di lei. Qualche volta sì, quando stava meglio, la portava fuori con sé e andavano a trovare delle vicine. Oppure camminavano fino a quella casa grande di mattoni rossi. Lì c'erano tante signore gentili, con i grembiuli bianchi, che le davano sempre qualche caramella e un piatto di buona minestra. C'erano le patate, dentro, e qualche pezzo di carne. Era proprio buona.

Alla fine imparò la strada, e quando aveva fame ci andava da sola. Trovava sempre qualcosa da mangiare. Qualche volta la facevano restare anche a dormire, quando fuori faceva troppo freddo per tornare a casa.

Anche dalle vicine era bello stare. Helena faceva i piroski, le focaccine ripiene, e gliene metteva sempre da parte uno bello caldo, e lei se lo mangiava lì, accanto alla stufa accesa. Era lungo, l'inverno.

All'asilo non si stava male. La mamma l'accompagnava la mattina, le faceva un bel fiocco blu, grande, in testa, e la riprendeva al pomeriggio. Lì c'erano tanti altri bambini, e la maestra era giovane e gentile. E c'era tempo anche per giocare fuori, quando era bel tempo. E poi c'era sempre da mangiare.

La fabbrica aveva chiuso. Il caporeparto non fece nemmeno un discorsetto, si limitò ad appendere un cartello fuori. Qualcuno lasciò il paese. Ma lei aveva i bambini. Non voleva andarsene, prima o poi sarebbe riuscita a riprenderseli.

Ma come tirare avanti?

Bisognava vendere i mobili, sì, anche quelli. Per pagare un po' di legna e una bottiglia. Oramai solo quel liquore forte riusciva a far tacere dentro la fame, la rabbia, il dolore. E la solitudine.

Dasha era sempre più sola durante il giorno. Nadezhda andava in giro per le strade, in cerca di un po' di soldi, di elemosina. Ma non era solo lei ad aver bisogno di aiuto, e non c'era più nessuna assistenza per le donne come lei. Il regime sociale era finito.

La bambina ormai stava sempre fuori. Bussava alla vicina, che le dava quello che le era rimasto. Ma se la fame era ancora tanta, andava fino all'ospedale. Si riempiva lo stomaco, restava lì un po' al caldo e stava subito meglio. La tosse allora le si calmava un poco, e il colore tornava sulle sue guance scavate.

Fu allora che la dottoressa Olga tornò di nuovo.

O si occupava della sua bambina o gliel'avrebbero tolta, disse a Nadezhda, come avevano fatto con gli altri due figli. Dasha era molto malata, non se n'era accorta? La pediatra dell'ospedale aveva fatto una relazione: se non veniva curata e nutrita in maniera adeguata, la sua bronchite si sarebbe trasformata in una forma cronica. Poteva rischiare la vita. Non vedeva come stava male?

Ma anche Nadezhda stava male, aveva una brutta tosse, e la febbre, anche.

Che facessero pure: non aveva più la forza di opporsi, ormai. Se era per il bene della bambina, avrebbe acconsentito.

Non appena la dottoressa uscì, Svetlana entrò nella stanza dell'amica. Era molto preoccupata, forse era il momento di chiamare l'ospedale.

Nadezhda fu ricoverata subito, aveva la polmonite. In ospedale finalmente avrebbe potuto dormire, riposare, e liberarsi di quel freddo...

Restava la bambina.

Le autorità decisero di portarla in un istituto quel giorno stesso.

Chiamarono la direttrice di un istituto di Vladimir: sì, c'era posto per lei, visto che si trattava di un'emergenza. Se ne sarebbero occupati subito; l'avrebbero affidata a Luda, che era brava con i bambini come lei.

Dasha era all'asilo, quel giorno che sembrava uguale a tutti gli altri. Venne a prenderla un'operatrice dell'ospedale, con l'ambulanza. Aveva un camice bianco. La presero e la portarono via a sirene spiegate.

Dasha era terrorizzata, e l'infermiera non riuscì a calmarla in nessun modo. Urlò e pianse per tutto il viaggio, fino all'orfanotrofio di Vladimir.

Non riusciva a capire cosa le stava succedendo, né perché la portavano via così.

In istituto le diedero dei calmanti, e mamma Luda si prese cura di lei. Era così piccola e minuta, quella bambina, con la pelle bianca come porcellana e gli occhi color del cielo. La tenne in braccio e la cullò, come avrebbe fatto mamma Nadezhda.

Passò un anno. Il medico legale scrisse sul registro dell'ospedale: "17 luglio 1993, è deceduta Nadezhda K."

L'accompagnarono al cimitero nel bosco. C'erano le sue amiche, Svetlana e Irina, Helena e la dottoressa Galena. E c'era un grande, caldo sole.

Non ci furono cerimonie particolari. La salma venne interrata, secondo l'uso. Il prete disse una breve preghiera. Non la conosceva nemmeno.

Misero una croce di legno sulla tomba, con il cognome della donna e solo una lettera per il suo nome: N. Nessuna data. La croce era quella provvisoria fornita dallo Stato. Così come la bara. Poi i parenti avrebbero provveduto a una lapide di pietra.

Ma Nadezhda moriva sola e senza parenti. E le amiche erano troppo povere.

La tomba era l'ultima, in fondo al cimitero, proprio sul limitare di un bosco, senza alcuna recinzione. L'ultima, la più povera. Le amiche posarono sulla terra fresca alcuni fiori di campo, dai colori viola e azzurri. Qualcuno pregò la Vergine Maria.

Presto l'erba sarebbe cresciuta e avrebbe ricoperto quel piccolo tumulo con altri fiori, spontanei, di campo.

Qualche volta le amiche andavano a portare nuovi fiori, insieme al pane, come si usa con i morti. Alcuni uccelli allora si posavano sui rami di un albero vicino, aspettavano e poi volavano giù, su quelle briciole preziose.

Forse sarebbe stato giusto che i figli di Nadezhda sapessero.

«Conserveremo le sue cose e le sue fotografie» propose Svetlana. Sì, decisero che lo avrebbero fatto, sarebbe servito per ricordarla, se mai qualcuno fosse tornato per sapere di lei.

Ma chissà dov'erano, quei figli. Forse erano destinati a crescere e vivere soli anche loro, come quella loro madre morta a trentun anni. Davvero troppo pochi per morire.

**Forse c'è un dio**

*forse c'è un dio*
*da qualche parte*

*dicono sia nelle piccole*
*chiese dalle cupole d'oro,*

*sulle antiche tavole dei santi,*
*o accanto alle mille candele accese*

*forse c'è un dio*
*da qualche parte*

*sotto i laghi gelati*
*ci sono ancora i pesci*

*sugli alberi bianchi*
*ancora volano gli uccelli*

*e nel cielo grigio*
*ancora ci sono le stelle*

*forse c'è un dio*
*da qualche parte*

*devi avere pazienza,*
*devi ascoltare, devi cercare*

*solo allora lui*
*ti potrà trovare*
*e ti aiuterà a capire*
*il perché*
*di tutto questo dolore*

LA ROSA DEI VENTI

Ormai Nadezhda è tornata a far parte della vita di Dasha. Non so se lei ricorda qualcosa di più, oggi, del suo passato. Però pensa e parla spesso di sua madre.

Il suo ultimo compleanno, quindici anni, è stato il primo che abbiamo condiviso con lei: «Mamma, oggi anche mamma Nadezhda mi vede, ed è felice.»

Dasha talvolta ha pudore dei suoi pensieri, come forse dei suoi sentimenti, quasi avesse paura di ferirmi.

È successo proprio ieri. Eravamo andate a trovare mia madre. Sulla porta, in piedi per i soliti lunghissimi ultimi saluti, Dasha le racconta:

«Sai, nonna, io la sera a letto dico sempre una preghiera per le mie due ma...»

Poi guarda me:

«... per la mia mamma Anna.»

«Brava, Dasha, hai detto giusto, per le tue due mamme» la rassicuro io.

È come se avesse bisogno di avere la conferma che va bene così, che tutto questo ha anche la mia approvazione. O meglio, che tutto questo non mi ferisce e che lei, ricordando e amando anche l'altra sua mamma, non toglie niente a me.

Così è come se Nadezhda tornasse a vivere, oggi, passando anche attraverso di me.

Ma è più la sua immagine che il ricordo a tenerla viva. Perché Dasha sembra non ricordare ancora niente.

Ricorda il viaggio che abbiamo fatto indietro nella sua storia, ricorda l'ospedale, la casa, come li ha visti oggi. E soprattutto ricorda il cimitero e quella tomba. Ma non ricorda niente di quello che è successo prima, né in famiglia né in istituto. Io lo so, siamo solo all'inizio, e può ancora succedere tutto.

Io sarò lì, la prima ad accogliere i suoi ricordi, a contenerli, se saranno troppo dolorosi. Ad aiutarla.

Alla realtà delle privazioni subite, Dasha ha sostituito la magia di questo viaggio, che l'ha nutrita nel corpo e nel cuore, che le ha dato la certezza e la pace di essere stata amata da tante persone, prima di tutte da sua madre. E che ha nutrito anche me, non solo perché ha calmato molte delle mie ansie.

Per me oggi mia figlia non è più la bambina che

ho conosciuto quando aveva cinque anni in un istituto di Vladimir, piccola e minuta, i capelli strappati, quel riso nervoso sulle labbra. Adesso io la conosco da quando è nata, in quell'ospedale, e pesava tre chili e seicento grammi, e a cinque mesi usciva a passeggio in quella carrozzina, avvolta in quella coperta a fiori, che giocava in quel polveroso cortile, tra galline e cani, spingendo il passeggino, o correva con Ivan, o stava con la sua bambola su quel terrazzino. È lei, la bambina che andava a scuola a quattro anni, con quel grande fiocco in testa e il vestito a fiorellini blu. La conosco anche lì, in quel pezzo della sua storia, e non c'è più alcun buco nero nemmeno per me, ora.

Adesso io posso condividere tutto con Dasha. Anche mamma Nadezhda.

Anch'io penso spesso a lei, a quella donna fragile, cresciuta orfana, in un istituto, sola, senza nessun affetto. Che ha cercato di farsi strada, ma ha incontrato avvenimenti più forti di lei, che l'hanno schiacciata in un Paese difficile, dove non è permesso essere deboli.

E la sua storia resta ancora aperta. Ci arrivano sempre notizie e nuove foto, soprattutto degli altri figli, e ci aspettiamo altre sorprese nei viaggi che faremo.

Jeanne è venuta a trovarci con Alya. Li abbiamo ospitati nella casa alla Rocca, lì c'è più posto.

Ci hanno portato un regalo molto speciale: i resti della croce di legno di mamma Nadezhda. Sopra c'è solo il cognome e l'iniziale del nome, su quel pezzo di legno consumato dalla pioggia e dal gelo. È davvero triste, ma anche bellissimo. L'ho messo in un quadro, su un panno rosso, dentro una cornice tutta d'oro. Adesso è in camera mia, vicino al mio letto.

Lei è di nuovo con me, adesso.

E Jeanne mi ha portato anche i suoi dati anagrafici. Non è stato affatto facile; nel mio Paese, dice lei, è tutto così complicato. Voglio farli aggiungere sulla sua lapide, quando ritorneremo la prossima volta a trovarla.

Perché abbiamo deciso di tornare, senza più paura questa volta. Sì, perché io un po' di paura ce l'avevo. Ad esempio di non trovare niente e nessuno, o di trovare qualcuno che però non si ricordava per niente di me. Come mia mamma, che magari non voleva saperne più niente di me.

Invece adesso ci tornerei solo per amore. Perché adesso io lo so. C'è sempre stata una mamma.

Ancora novità: Jeanne, appena tornata in Russia, ci ha mandato una foto e una e-mail. È stata a Stepantsevo, a trovare i dottori dell'ospedale: stiamo aiutando le famiglia più povere, dando del latte e del cibo per sfamare i loro bambini. Una mamma ci ha scritto: "Grazie, senza il vostro aiuto avrei dovuto lasciare il mio bambino in istituto."

Mi ha fatto piacere ma mi è anche dispiaciuto: vorrei che non fosse così difficile la vita per i bambini nel mio Paese, e che le mamme non fossero costrette a lasciarli, per farli vivere. Ancora oggi come quando ero piccola io.

Jeanne ci ha anche detto che è stata al cimitero, a controllare la tomba di mia madre. Ha trovato dei segni che qualcuno c'era stato di recente: una sigaretta, dei dolci (si usa così in Russia) e dei fiori di plastica. Qualcuno era andato a trovarla! Certo qualcuno che la conosceva, e le voleva bene.

Volodia dice che deve essere qualcuno del villaggio. Nella foto si vedono bene i fiori, dei fiori bianchi, di plastica, lasciati proprio sotto la lapide con la scritta: "A mamma Nadezhda con amore, Dasha".

Jeanne dice che se vogliamo la prossima volta che torniamo mette un annuncio, magari fuori dall'ospedale, così che tutti possano vederlo e sapere che Dasha tornerà il giorno... così chi vuole rivedermi, o ha delle notizie da darmi sulla mia famiglia, potrà venire.

Sarebbe bello, incontrare anche quella persona, quella dei fiori. Forse uno dei miei fratelli?

Mi piace pensarlo. Magari è tornato anche lui, ha saputo di mia madre, è andato al cimitero, ha visto la lapide... e adesso si chiede di me, dove sono, e come sto.

Sono passati due anni da quando siamo andate a Vladimir. Abbiamo avuto il tempo per apprezzare tutti gli incredibili regali che quel viaggio ci ha portato. Ancora ce ne porterà, ne sono certa. E avremo altre incredibili giornate. Come quella appena trascorsa.

Per Dasha oggi è stata una giornata particolare: ha ricevuto il premio speciale del concorso scolastico cittadino che aveva come oggetto il tempo visto nei suoi diversi aspetti. Ognuno poteva concorrere come voleva, con poesie, disegni, elaborati artistici. E molte scuole della città hanno partecipato.

Lei lo ha vinto con un collage dal titolo *La rosa dei venti*. Ci hanno lavorato anche i suoi compagni, aggiungendo poesie, certo, ma il lavoro è soprattutto suo.

C'è una specie di elica grande e rossa al centro, di quelle che girano col vento, e per ogni punto cardinale ha messo una foto e una bandierina gialla, con un pensiero. Le foto sono quelle della sua storia, ora ricomposta, come le immagini. Dasha a cinque mesi, in carrozzina: "Sono nata e sto bene".

Poi Dasha all'asilo di Stepantsevo: "Sono una bella bambina". Dasha al primo incontro con la sua mamma Anna: "La mia mamma è bella e brava e mi è venuta a prendere in Russia". Dasha che torna in Russia, fotografata insieme all'amica Alya e al suo cane, sullo sfondo le torri dell'Università Statale di Mosca: "Io sono felice". Al centro, una foto delle cupole colorate della cattedrale di San Basilio sulla Piazza Rossa, come una fiaba che diventa realtà.

Una compagna ha scritto, sotto, col pennarello viola: "La rosa dei venti è... il tempo che scorre". Sharon ha aggiunto, in blu: "La rosa dei venti della nostra vita ci indica la giusta direzione da seguire in eterno". Anche Filippo ha scritto in rosso: "La rosa dei venti della nostra vita – Il tempo passa e non si vede ma almeno ti sorride".

Il lavoro è stato fissato a un drappo rosso, appeso al muro, al centro tra quelli premiati. Sì, il lavoro di Dasha ha meritato un premio speciale.

Quando è stato il suo momento ed è stata chiamata, ha percorso veloce la lunga sala per ritirare dalle mani di un rappresentante della giuria il suo premio. Lei era raggiante, io molto commossa e felice. Ha ricevuto un diploma e alcuni libri.

Ma il più bel regalo è stato l'applauso di tutti, e vedere il suo lavoro appeso alla parete, su quel panno rosso.

Sì, il nostro viaggio ha dato i suoi frutti. E ne darà ancora.

Non è stato facile. Ma neanche difficile come lo immaginavo. E soprattutto come tutti me l'avevano prospettato. L'aiuto di tanti nuovi compagni di viaggio l'ha reso possibile.

Siamo state coraggiose? Incoscienti? Le due cose non possono che andare insieme. Ma nella vita, col tempo, ho imparato a fidarmi molto delle intuizioni, e soprattutto a lasciarmi andare nella corrente. Quando ti guida, inserisci l'automatico, e ti lasci andare.

Se ci sono ostacoli sul tuo cammino, allora occorre deviare, e anche fermarsi. Ma quando tutto funziona, vuol dire che la strada intrapresa è quella giusta.

Anche con la nostra storia, dal primo incontro con Dasha all'adozione al viaggio alla ricerca delle sue origini, tutto è andato così. Tutto è scorso fluido nella corrente. Niente è successo per caso, come niente succede mai per caso nella nostra vita.

Solo che spesso non ci fermiamo mai a considerare quello che ci avviene, e così facendo perdiamo il senso vero delle cose. Ci sentiamo spesso un ingranaggio insignificante in una navicella che procede sola, senza senso e senza rotta, in uno spazio tanto infinito da inghiottirci.

E la nostra vita ci appare solo come una storia tra tante altre, e noi siamo soli nell'universo. Senza rotta. La nostra, come ogni altra storia, sembra andare avanti in quel vuoto, isolata. Senza senso.

E invece non è così. Tutte le storie sono legate tra loro, e noi siamo legati ad altre persone da cui ci allontaniamo e a cui ci avviciniamo, spesso come gattini ciechi, senza nessun orientamento.

Ma quando poi ritroviamo la nostra rosa dei venti, da quel momento apriamo gli occhi e possiamo navigare sicuri, padroni finalmente della nostra rotta, così come della nostra vita.

È allora che vediamo le connessioni, tante, e scopriamo il cerchio nel quale la nostra vita naviga sicura, accanto a tutte le altre persone che ci accompagnano, ci scortano, ci aiutano e ci chiedono aiuto.

La nostra rotta ci appare allora quella che è davvero: un cerchio. E noi sappiamo che possiamo sempre partire, ma anche tornare, perché la meta del nostro viaggio è la stessa della nostra partenza. In un cerchio si può fare.

E al centro del nostro cerchio, a guidarci nella nostra rotta, può esserci solo l'amore. È lui il luogo perfettamente e ugualmente distante da tutti i nostri punti, da tutte le nostre mete. Il solo.

Tutto ha allora un senso, il suo senso. E la nostra storia finalmente ci appartiene.

Io mi chiamo Dasha – Daria – Kurakov – Giovannelli. Sono nata a Stepantsevo, nella regione di Vladimir, Russia, e vivo a Firenze, in Toscana, Italia.

Non è complicato. È semplice.

È la mia storia.

## Indice

Finito di stampare nel mese di aprile 2006
presso Legatoria del Sud
via Cancelliera 40, Ariccia (RM)